Katja Faßhauer
Der neununddreißigste Brief

Gelesen wird der neununddreißigste Brief von einem Journalisten Mitte fünfzig. Der Brief ist das Vermächtnis eines gealterten Professors, anonym gerichtet an die Lebensgefährtin des Journalisten. Lange schon sind sie und der Professor Nachbarn in einem Frankfurter Mietshaus, nie haben sie ein Wort gewechselt. Dann, an einem Donnerstag, findet sie den Bericht seines Lebens vor ihrer Tür.

Was als Liebesbrief beginnt, wächst an zu einer Lebensbeichte, die sich von der im Odenwald erlebten Nachkriegszeit bis ins Frankfurt der Gegenwart spannt und in der der Journalist seine Lebensgefährtin mehr und mehr verfangen sieht.

Katja Faßhauer

Der neununddreißigste Brief

Erzählung

Bibliografische Information der Deutschen Nationalbibliothek:
Die Deutsche Nationalbibliothek verzeichnet diese Publikation
in der Deutschen Nationalbibliografie, detaillierte bibliografische
Daten sind im Internet über http://dnb.dnb.de abrufbar.

Herstellung und Verlag:
BoD – Books on Demand, Norderstedt

ISBN: 976-3-9783-7347-8344-9

Wegen D.L.

Meine schöne Freundin und ich gehen spazieren. Es ist November und Sonntag. Bei erstaunlich mildem Wetter sind wir nach dem Mittagessen von ihrer Wohnung in der Elkenbachstraße zum Günthersburgpark hinübergegangen und dann den Kleingartenweg hinauf. Auf dem engen Pfad umfließen uns eilige Radfahrer, Kinder und tobende Hunde. Wir dagegen bewegen uns etwas gesetzter, wir sind nicht mehr jung. Aber auch noch nicht ganz alt. Wie immer gehen wir meist schweigend. Meine Freundin trägt ihren hellen Wollmantel. Gerne ginge ich eng an sie gelehnt und hielte sie mit einem Arm umfasst.

Vor dem Café, das eine kleine Rösterei an der Ecke zur Dortelweiler Straße betreibt, sitzen Paare mit rot befransten Filzdecken über den Knien. Die Ausstellungsfläche einer Gärtnerei rahmt alles mit Gezweig und bunter Keramik, in Gestecken und Schalen leuchten die letzten Herbstblumen mit Gier und Kraft. Wir gehen daran vorüber und biegen in den Wasserpark ein. Es wird ruhiger um uns. Bäume greifen mit kahlen Ästen in einen tiefblauen Himmel, Menschen lächeln, die Sonne scheint. Ein Augenblick des Glücks.

„Ich habe gelesen", höre ich meine schöne Freundin mit dunkler Stimme sagen, „dass wir nicht wissen können, ob wir Farben in gleicher Weise sehen. In vergleichbarer Weise, meine ich. Es gibt keine Möglichkeit festzustellen, ob die Farbe, die wir beide Rot nennen, für dich nicht so erscheint, wie die Farbe, die ich Blau nenne. Dein Rot wäre mein Blau, aber wir beide würden ‚Rot' dazu sagen. Wir hätten dasselbe Wort und könnten uns trotzdem nicht verständigen, das ist es. Weil ich nicht mit deinen Augen sehen kann. Oder vielmehr mit deinem Gehirn. Man sieht ja mit dem Gehirn."

„Mhm", sage ich, weil ich viel zu selig bin, um wirklich zuzuhören. Die Luft duftet herrlich nach Erde und Laub, und ich habe überhaupt keine Lust auf eine komplexe Unterhaltung.

„Jedes Bild ist nur im eigenen Kopf wahr", sagt sie, vor sich hin. Dann schweigt sie wieder lange. Wir gehen. Der Kies knirscht unter unseren Füßen. Auf der Wiese neben dem Weg läuft, von Entzücken überwältigt und mit weit vorgestreckten Ärmchen, ein Dreijähriger einem Dackel nach. Der Dackel trägt ein rotes Wams, das Kind ein wattiertes Kapuzenjäckchen, beide hüpfen auf kurzen krummen Beinchen eher in die Höhe als tatsächlich voran. Gleich werden sie vor Wonne platzen, ich weiß es genau.

„Wenn wir alle unser Leben zusammenschütten könnten", sagt meine schöne Freundin schließlich und bleibt stehen, weil sie sonst nicht richtig denken kann, „wie Milch, die aus kleinen Krügen in ein Fass gegossen wird. In einem unendlichen Fass gesammelt wird. Und dann füllt ein jeder seinen entleerten kleinen Krug wiederum mit der Mischung aus dem Riesenfass. Wenn wir dann aus einem solchen Krug trinken würden, könnten wir erfahren, wie das Leben eines jeden anderen Menschen schmeckt."

Ein Windhauch greift in ihr weißes, gewelltes Haar, und es stiebt blendend auf, wie pulvriger Schnee. Von ihren dunklen Augen sehe ich nichts, denn sie hält den

Blick gesenkt. Ein paar Schritte von uns entfernt jubelt das Kind.

„Wir könnten versuchen, uns voneinander zu erzählen", sage ich obenhin.

„Ach." Meine Freundin zerrt ungeduldig ihre Handschuhe aus der Manteltasche, Berghandschuhe aus grober Wolle, die sie aber jetzt nicht überstreift, es ist viel zu warm dafür. Ich warte. Die Sonne scheint nach wie vor. Der Vater des Dreijährigen kommt heran, packt das jauchzende Kind, wirbelt es über seinem Kopf. Der Dackel kläfft. Auf einmal rennen sie alle davon.

Ich sehe ihnen nach, bis sie hinter Sträuchern verschwinden. Dann remple ich meine schöne Freundin sanft mit der Schulter an, denn es gefällt mir nicht, dass sie so erstarrt dasteht. Als würde es immer enger um sie. Jetzt seufzt sie und schaut mich an.

„Doch", sage ich, „ganz sicher können wir das versuchen. Immer wieder". Ich nehme ihr die Handschuhe ab und stecke sie in ihren Mantel zurück. „Und immer wieder von vorne, wahrscheinlich. Ganz aussichtslos und unerschrocken."

Sie lächelt. Aber ich weiß: Was sie beschäftigt, wird sie noch nicht loslassen. Vorerst jedoch sprechen wir über den Herbst und wie lange es in diesem Jahr warm geblieben ist. Auf dem Heimweg nehmen wir hinter den Schrebergärten eine Abkürzung durch kahle Rosenbüsche. In drei Wochen ist der erste Advent.

Später am Nachmittag muss meine Freundin noch für ein paar Stunden ins Theater. Sie ist Maskenbildnerin, irgendetwas wird ausprobiert, aber Vorstellung ist heute nicht. Wir werden den Abend für uns haben.

Ich bin übrigens Journalist. In Weimar. Ach, ist ja aufregend, sagen die Leute immer. Bis ich erzähle, dass ich für ein lokales Anzeigenblatt arbeite und über Sportveranstaltungen berichte. Manchmal allerdings darf ich ins Theater und kritisieren. Zweimal im Jahr. An den Wochenenden fahre ich zu meiner schönen Freundin nach Frankfurt, manchmal kann ich noch einen Freitag davorhängen oder einen Montag hintendran. Morgen muss ich zurück, sehr früh sogar, um elf ist eine Konferenz, das Geschäft geht lahm, die Redaktion verlangt Ideen.

An all das will ich jetzt noch nicht denken, die Zahlen kann ich mir auch im Zug ansehen. Ich jogge lieber eine Runde, dann nehme ich eine sehr lange, sehr heiße Dusche und lege mich, in eine Decke gehüllt, auf das Sofa im Wohnzimmer meiner Freundin. Vor dem Fenster wölbt sich die blaue Dämmerung. Die Luft ist auf einmal doch kalt geworden. Ich warte und freue mich auf den Abend. Dann schlafe ich ein.

Als ich aufwache, ist es draußen dunkel. Die Stimme meiner Freundin hat mich geweckt. „Sieh dir das einmal an", sagt sie, vermutlich bereits zum zweiten Mal, sie klingt ungeduldig. Ich gähne. Meine schöne Freundin sitzt in einem Sessel mir dicht gegenüber, die Füße hat sie auf das Sofa gehoben und dort unter meine Schenkel geschoben. Ihr weißes Haar leuchtet, sie trägt noch immer den Schal vom Nachmittag, ein novemberdürres Eichenblatt hat sich darin verfangen. Seit einer Weile schon scheint sie so zu sitzen, auf ihren Knien liegt ein Buch. Sie wirkt, als hätte sie darin bis eben gelesen und wolle auch weiterlesen. Trotz ihrer Ungeduld sieht sie mich gar nicht an. Während ich im Schatten liege, sitzt sie im warmen Licht der Stehlampe. Aus diesem goldenen Kokon heraus streckt sie nun den Arm in meine Finsternis hinüber, in der Hand eine große, weiße Dokumententasche, geöffnet und dick wie ein halber Roman. Sie hält mir das Paket gleichsam vor die Nase und wedelt damit. Ich komme mir wie ein Esel vor, den man mit einer etwas schäbigen Karotte in die Mühsal lockt. Mit einem Ächzen setze ich mich auf, das Joggen und die kalte Luft sind mir in den Knochen. Dabei ging das Laufen eigentlich sehr gut heute. Naja. Ich bin ein Mann in den besten Jahren, wie man so sagt. Die Welt ist ja überhaupt voller Lügen. Wenn nur meine Freundin einen Kamin in ihrer Zweizimmerwohnung hätte, dann könnte ich jetzt ins Feuer blicken und sinnieren. Und weiterschlafen.

Es ist aber kein Kamin da. „Was ist das?", frage ich daher etwas breiig und greife mir den Umschlag. Noch immer sieht meine Freundin nicht auf, ihre Finger lösen sich mit einem Ruck, als habe der Umschlag ihr einen Schlag versetzt. Ihr Arm fährt in den Lichtkokon zurück. Sie blättert in ihrem Buch, verblättert sich, schlägt mehrere Seiten wieder zurück, bis sie schließlich tief durchatmet, sich im Sessel vorbeugt und um mich herum nach der von mir vorgewärmten Decke greift.

„Lag am Donnerstag vor der Tür", sagt sie knapp und legt sich die Decke um die Schultern. Dann rückt sie tiefer in den Sessel hinein und kratzt sich am Hals. Ich lehne mich zu meiner Freundin hin, um mit dem Umschlag ins Licht zu kommen. „Phyllis", lese ich. Sehr großzügige Buchstaben, nur dieses eine Wort. In dem Umschlag erspähe ich einen Stapel mit der Hand beschriebenen Papiers, und nun bin ich tatsächlich wach und neugierig genug, den Brief näher ansehen zu wollen. Denn um einen Brief handelt es sich offenbar, trotz des beachtlichen Umfangs. Ich ziehe mehrere Dutzend Bogen eines angenehm elfenbeinfarbenen Papiers hervor, mit sehr klarer, geübter Hand dicht beschrieben, schwarze Tinte, Büttenrand. Mir gefällt so etwas. Mir gefallen auch Cordhosen und flauschige Strickjacken.

„Wie reizend und altmodisch", stelle ich daher mit Entzücken fest und lege den leeren Umschlag auf die niedrige Holztruhe, die der Sofatisch meiner Freundin ist. Dann durchblättere ich den Papierstapel in meiner Hand. Absatz fügt sich an Absatz, unablässig fließen die Wörter dahin, ohne Einfügungen, ohne Striche, eine Handschrift wie gedruckt.

Meine Freundin wendet sich indessen mit Aufwand von mir weg, als müsse sie noch deutlicher unter die Lampe, um weiterlesen zu können. Sagen wird sie erst einmal nichts. Meist spricht sie ohnehin nicht viel. Sie liebt gewichtige Sätze. Ansonsten vermag sie sehr buddhahaft zu schweigen. Und nun, das wird mir klar, will sie schweigen.

Ich setze meine Brille auf und beginne, die erste Seite des Briefes zu lesen.

Dies ist der neununddreißigste Brief. Ich weiß es gut, denn Liebende zählen genau.

Für mich wird es der letzte sein.

„Hier vor der Tür?", frage ich, etwas erschrocken. „Jetzt diese Woche?"

Meine Freundin seufzt, hebt eine Braue und wendet halsstarrig eine Seite in ihrem Buch. Ich schlucke die eine weitere Frage, die ich gerne gestellt hätte, hinunter.

Ich lese.

Für mich wird es der letzte sein.

Ich sitze an meinem Schreibtisch und blicke über die enge Straße auf die Hauswand gegenüber. Es ist halb fünf am Nachmittag. Ein Oktobersonntagnachmittag, noch ist es hell. Am Vormittag war ich im Liebieghaus, nach dem Essen bin ich durch den Günthersburgpark gegangen, wie an allen Sonntagnachmittagen. Und nun steht eine Tasse Kaffee vor mir auf dem Schreibtisch. Vielleicht hätte ich mir ein Stück Torte dazu holen sollen, die Sonntage bleiben ja spürbar, auch wenn man berentet ist. Emeritiert, das bin ich, seit dem Frühjahr. In den altphilologischen Kreisen habe ich einen Namen, jedoch diese Kreise sind eng. Seit ich aus ihnen herausgetreten bin, dünnen die Ereignisse und Gespräche allmählich aus. Die Kraft aber bleibt und wirft sich nach innen. Wenn man kein Haus hat und alleine ist, bleibt tatsächlich dies: Man liest, man wacht. Wenn man Glück hat, schreibt man Briefe. Der Winter naht. Die Blätter treiben.

Im Park vorhin schien die Sonne auf das purpurne und gelbe Laub, und ich bin Ihnen begegnet. Das macht mir den Tag besonders, denn es ist nicht leicht, Ihnen zu be-

gegnen, obschon wir Nachbarn sind und im selben Hause wohnen, Sie nur zwei Treppen unter mir.

„Dieser alte Knacker aus dem Dritten?", frage ich.

Auf einmal habe ich ein Bild vor Augen: Eine hohe, schlanke Gestalt, immer in elegante, dunkle Mäntel gehüllt, schwere, teure Stoffe, die eine Kontur geben. Ein herrschaftlich langsames Schreiten über die Straße. Graues Haar, Halbglatze.

Meine Freundin rührt sich nicht, aber ich weiß, dass sie mich gehört hat. Wir atmen.

„Das ist gruselig", setzte ich nach, jetzt etwas vorsichtiger.

„Lies halt", sagt sie. Immerhin.

Lange Zeit entgingen Sie mir, obgleich ich Sie aus allem Gelärm der Welt hätte heraushören müssen. Ihren Schritt auf dem zerschliffenen Terrazzoboden im Treppenflur. Die über hundert Jahre alte Wohnkaserne, die wir teilen, ist ja so hellhörig wie eine Bauernstube, zwischen verdorrenden Dielen rieseln Sand und Staub und Geräusche. Ich höre sonst alles. Selbst das Hüsteln der beiden greisen Schwestern über mir höre ich. Am Morgen beginnen sie mir unbegreiflich geschäftige, sinnlos wiederholte Tage, bis in den Abend füllen sie meine Stunden mit trappelnder Geschwätzigkeit. Ich kann sie durch nichts auseinanderhalten, ihre Stimmen nicht und ihre abstoßende Erscheinung nicht, obgleich die eine ihr Haar sehr kurz trägt und die andere langes Haar und eine Brille. Nie, wenn ich nur eine von ihnen sehe, weiß ich, welche ich vor mir habe. Vermutlich gibt es noch eine Dritte. Manchmal bleiben wir aneinander hängen, und sie plappern auf mich ein. Des Nachts, wenn ich liege und zur Zimmerdecke hinaufstarre, plagt mich die knackende Gegenwart ihrer dürren Leiber auf den in Jahrzehnten steifgedrückten Lagern über mir. So viel Unrast in diesen greisen Schläferinnen und ihren klagenden Träumen.

Sie aber, meine Phyllis, schleichen sich rätselhaft ins Haus, Sie verbergen Ihr Geräusch, vor mir, vor allen, vor der ganzen Stadt.

Wir sind uns dennoch begegnet.

„Tut mir leid, ich kann nicht anders", sage ich ein wenig irritiert. „Wer um alles ist Phyllis?"

Meine Freundin schaut auf, in ihren dunklen Augen ist ein spöttisches Lächeln. „Scheinbar nennt er mich so", sagt sie und zwinkert. „Ich habe es auch nachschlagen müssen", tröstet sie mich dann, „keine Angst. Ovid. Heroides. Die übliche Geschichte: Demophoon, Kriegsheld, fährt sein Schiff an fremdem Gestade zu Bruch, Phyllis, Königin eben dieses Gestades, verbringt heiße Liebesnächte mit ihm, er verspricht die Ehe, hat aber noch einen Termin und fährt erstmal wieder ab. Natürlich mit einem neuen Schiff, Luxusklasse, natürlich von ihr. Sie ihrerseits beginnt zu warten. Er taucht nicht wieder auf, sie wird von allen Seiten mit Hohn überschüttet, haha, die Jungfernschaft ist perdu, wie hast du blöde Kuh nur einem Ausländer trauen können, war doch klar, dass die Sau dich sitzen lässt, all so was. Jedenfalls ist sie bei ihren Leuten völlig unten durch, von wegen Königin, das war einmal. Sie wartet ein bisschen, aber das stillleidende Sitzen in den Ecken ist nicht so ihr Ding, also stürzt sie sich von einer Klippe, stirbt und wird zu einem unbelaubten Mandelbaum."

Ja, vollkommen üblich, eine richtig alltägliche Geschichte. Ich poche auf den Papierstapel in meiner Hand: „Und?"

„Und am Ende kommt Demophoon dann doch zurück, nach einem halben Jahr oder so, lag gar nicht an ihm, dass es so lange gedauert hat, aber jetzt ist es trotzdem zu spät. Verzweiflung, Trauer. Er umarmt tränennetzend den Mandelbaum, und die kahlen Äste treiben Blüten. Unerfüllt. Phyllis bleibt als Wartende im Gedächtnis."

Ich betrachte meine schöne Freundin, die sich wieder in ihr Buch vertieft. In mir wächst ein gewisses Misstrauen.

„Der Brief ist schon echt, oder?"

„Total echt."

„Also kein Fake, weil ich immer zu spät komme?"

„Nein."

„Außerdem komme ich ja auch sehr oft sehr pünktlich. Am Freitag war ich sogar zu früh, du warst noch gar nicht da."

„Schon klar."

„Soll ich dir einen Kaffee kochen? Würde ich gern machen, überhaupt keine Sache."

„Lies."

Sie werden verwundert sein, dass ich Ihnen wie aus großer Entfernung schreibe. Dass ich nicht mit Ihnen spreche, obschon ich dies doch jederzeit könnte. Sie müssen begreifen, dass dieser Brief das Gegenteil einer Annäherung sein will, denn, was ich zu erzählen habe, ist abscheulich. Nein, ich muss innehalten. Nicht alles in diesem Brief ist abscheulich. Aber nachher, wenn Sie wissen, wie ich ihn schreibe und warum gerade Ihnen, werde ich doch einen ehrlichen Bericht über eine niedrige Tat beginnen müssen, undenkbar als Gegenstand eines Gesprächs. Abwegig die Vorstellung einer Erwiderung. Nein, ich weiß, dass Sie mir, wenn Sie von meiner Tat erfahren haben, aus dem Wege werden gehen wollen. In achtunddreißig Briefen war ich deshalb voller Sorge. Im neununddreißigsten nun endlich nicht mehr.

Deshalb beginne ich nicht mit dem ersten, sondern mit dem neununddreißigsten Brief. Denn: Für keinen der achtunddreißig Briefe, die diesem hätten vorangehen müssen, konnte ich einen Anfang finden. Sie wurden nie geschrieben. Schon den ersten Brief ließ ich aus, dann den zweiten, den vierten oder siebenten. Oh, den siebenten wollte ich schreiben, als wäre er eine Kühnheit. Lachen Sie mit mir. Ich wollte unsere Bekanntschaft mit Verve beginnen. Dabei bin ich kein beherzter Mann, auch als ich jung war, war ich das nicht. Die Väter, die wir hatten, kamen als

Gespenster aus dem Krieg, fremd und alt geworden, vor ihnen allen graute es mir. Mir graut mein Leben lang vor männlichem Geschrei, Triumph und Untergang. Als Knabe mag ich mich todesmutig geträumt haben, aber seit ich erwachsen bin, weiß ich gar nichts mehr davon. Wie das geht. Auch der Liebe hatte ich ganz vergessen.

Verschüchtert, bleich, übersprang ich den zehnten, den vierzehnten Brief. Ratlose Wochen habe ich damit vergeudet, eine Ihnen angemessene Anrede zu suchen: Verehrte, Freundin, Liebe, Vertraute – all dies sind Sie ja nicht. Und Ihr Name? Seltsam, ich hätte nur die Stiege hinuntergehen müssen, zwei Stockwerke, von meinem dritten in Ihren ersten Stock, um ein Klingelschild zu lesen. Ich habe es nie getan. Ich hätte Sie auch nicht danach gefragt, selbst wenn sich unsere Wege oft gekreuzt hätten: Nach sieben Monaten weiß ich noch immer nicht, wie Sie heißen.

Der siebzehnte Brief wäre pompös gewesen, der neunzehnte voller Fanfaren und Ausreden. Und dann? Es wurde mir nicht leichter, einen wahrhaftigen dreiundzwanzigsten Brief zu schreiben, einen dreißigsten.

Manchmal, wenn meine Gedanken sich verirren, fällt mir ein Satz aus diesen achtunddreißig verlorenen Briefen ein und steht neben mir, blass, überlebt und sinnlos. Die ungeschriebene Erklärung meiner selbst bleibt uneinholbar wie alles, was wir in unserem Leben gedacht, gesehen, gefühlt und dann nicht mitgeteilt haben. Ein jeder treibt durch verlorenes Dasein, wie der einzige Überlebende eines Schiffsbruchs, der sich an der letzten Planke hält. Eine ganze Welt war gemacht, damit gerade ich sie sehen soll, und jetzt, mit mir, wird sie untergehen.

Wenn Sie sie nicht retten.

Wie gerne, wie entsetzlich gerne hätte ich den hundertsten Brief verfasst, den unerreichten Brief, der nach Jahren hätte geschrieben werden dürfen, wenn wir uns einmal gut gekannt hätten, wenn Sie mich gut gekannt hätten. Aber davon bin ich ganz entfernt. Dieser neununddreißigste Brief wird der letzte bleiben.

Ein unsterblicher, ein ewiger Brief.

Auf meinem Schreibtisch steht eine grüne Bankerleuchte. Das geistreiche Abschiedsgeschenk meiner Studenten, ein milder Spott, in meinen Vorlesungen hatte ich für Frankfurt wenig Lob. Nun schalte ich diese Lampe ein und über das Papier fließt ein schönes, waldfarbenes Licht.

Wie in der Stunde der Dämmerung.

Hat man Ihnen erzählt, dass unter den Kellern unseres Hauses der Elkenbach in seinem verheimlichten Bett dahinfließt? Unsere Wände sind voller Risse, denn wir ruhen an einem unsicheren Ufer. In der Abenddämmerung aber beginnen wir zu treiben. Man spürt es, während man einschläft, dann heben die Wasser das Fundament an, mit erst sanftem, bald aber drängendem Wellenschlag. Und in manchen Nächten gleitet das Haus, losgelöst von Einfassung und Asphalt, in einem Strome davon, nach Süden oder irgendwohin. Dem Meere zu.

Verzeihen Sie meine Geschwätzigkeit. Ich kann Sie nicht vorbereiten auf das, was Sie werden lesen müssen. Ich will aufrichtig sein. So gut ich das kann.

Dies will ich nicht verhehlen: Ich bin ein alter Mann. Die Stadt hastet an mir vorüber, ich gehöre zu jenen, die aus diesem ziellosen Tempo herausgefallen sind. Wie die greisen Schwestern über mir, wie die brasilianische Studentin im Erdgeschoss, deren Stunden wie Putzwasser verrinnen, während sie Abend für Abend vor ihren Telenovelas sitzt. Sie müssen sie bemerkt haben. Man sagt, sie koche mit fremden Gewürzen. Ich sehe, dass sie ihre Wäsche im Garten hinter dem Hause nie vor Anbruch der Dunkelheit aufhängt und erst in der Nacht darauf wieder herunternimmt. Sie fürchtet sich vor dem Licht. Seit Monaten ist sie nicht auf die Straße getreten. Wie kann das ihrem Mann gefallen? Aber vielleicht gefällt ihm ja gerade das. An den Samstagen füllen sie das Haus mit dem Geruch von erdbeerfarbenem Badeschaum und Marihuana. Sie haben keine Kinder. Niemand hier im Hause hat Kinder, selbst die jungen Leute nicht.

Die Alten haben keine Enkel, und die Jungen haben keine Kinder.

Unsere erste Begegnung fand übrigens nicht hier, auf der Treppe oder am Briefkasten, statt, sondern, weniger naheliegend, im Liebieghaus, an dem aprilhaft strahlenden Ostersonntag dieses Jahres. Dass wir mit derselben Adresse wohnen, ahnte ich da noch nicht. Ich hatte den Morgen in den Studioli verbracht. An den Sonntagvormittagen bin ich gerne dort, beim wunderbarsten Wetter finde ich die holzverkleidete Zimmerflucht zu meiner Freude manchmal menschenleer. Dann lodert draußen der Tag, während die Schutzfolien an den Fenstern die Räume dämmrig machen, die Schatten darin unscharf und honigfarben. Die Luft duftet nach Wachs. Ich liebe die weiche Abgeschiedenheit dieser vielen Räume wie eine Heimat, gerne stehe ich einfach da und belausche das Holz. Oder ich setze mich mit einem Buch in den Erker des Fremdenzimmers und lese, bis ich vergesse zu lesen.

Auch am Ostersonntag dieses Jahres saß ich einige Viertelstunden dort: Ein Sonntag wie hundert andere. Gegen ein Uhr wurde ich hungrig und brach auf. Jedoch warf ich, bevor ich die Räume verließ, wie immer noch einen kurzen Blick in das Runde Turmzimmer, eine Gewohnheit, über die ich nicht nachdenke, eine Flüchtigkeit seit Jahren.

Und diesmal sah ich Sie.

Sie standen versunken, verloren vor Bartolinis schwereloser Venus, atemlos still, als wären Sie selbst zu Marmor geworden, in einen grotesken Kontrapost geknickt, dessen grauenhafte Bedeutung ich freilich noch nicht erfassen konnte. Alles an Ihnen war weiß, Stoffe, Tuche, das Haar: Alles war unordentlich und leuchtete. In der niemals sonnigen Kammer waren Sie der bleich erstarrten Statue zu einem lichtumsponnenen Spiegel geworden, so blendend, als wären an einem Mittag nach Jahrhunderten die Mauern eingestürzt.

Ich sah Sie und liebte Sie schon.

Eine große Ewigkeit hätte ich dort stehen mögen, Sie betrachten, mich an Ihrer Gestalt berauschen mögen. Doch mein Gewicht auf dem knarrenden Parkett hatte Sie aufgeschreckt, Ihr feiner Sinn war durch mein Eintreten abgelenkt, und fast sofort lösten Sie sich aus Ihrer gebannten Reglosigkeit und wandten sich nach mir um. Wie sehr hatte ich Sie gestört!

Für einen kurzen Moment sahen wir uns an. In Ihrem wundervollen Gesicht flackerte ein an mich verschlepptes Gefühl mit unbegreiflichem Schimmern, Ihre Lippen waren verzerrt und gleichzeitig wie zu einem Kusse geöffnet, Ihre schwarzen Augen brannten aus einer Bewegtheit heraus, deren Heftigkeit mich erschütterte und anrührte, wie kaum etwas in meinem Leben zuvor.

Was geschah Ihnen da?

Ich weiß, Sie erinnern sich. Nicht meiner, aber doch dieses Augenblicks.

„Ich erinnere mich tatsächlich", sagt meine Freundin leise, und ich kann nicht begreifen, wie sie das Stichwort errät und weiß, welche Stelle ich gerade gelesen habe. Ich halte die Luft an, während sie monoton, als sei es aus einem Traum heraus, einen weiteren Satz versucht: „Er hatte mich ertappt." Sie lauscht ihren Worten nach, dann schüttelt sie den Kopf, langsam, enttäuscht. „Ich kann es dir nicht erklären, glaube ich."

Ich ziehe ihre Füße, die an Sofakante aufgestützt ruhen, nahe an mich heran. Sie trägt handgestrickte Socken. Der rechte hat ein Loch. Darunter erahnt man einen blutrot lackierten Zeh. Lächelnd lese ich weiter.

Mit erschrockenem Herzen entfloh ich. Fast rennend verließ ich die Studioli, stolperte mich die enge Wendeltreppe hinab, von deren Ende mich der mürrische Apoll zum Ausgang hin scheuchte. Schwankend und verstört taumelte ich in den Garten und rettete mich schließlich auf den behaglich windgeschützten Platz vor dem

Café hinüber. Ich warf mich auf irgendeinen Stuhl, hielt mich an irgendeiner Kante, verschwindelt und unfähig, auch nur meine Zeitung aufzuschlagen. Sinnlos blickte ich auf etwas hin, vielleicht meine Hände.

Die Sonne schien. Auf den Tischen im Innenhof standen kleine Frühlingssträuße. Die Stadt rauschte aus der Ferne. Vögel stoben lärmend durch die noch nicht voll belaubten Äste. Der Blauglockenbaum blühte betörend und duftig. Aus bemoosten Kübeln loderten Tulpen sich in meinen Sinn.

Es ist ja nicht wahr, dass die Liebe nur in der Jugend groß sein kann und dann allmählich untergeht und eines Tages ganz verloschen ist. Nein, begriff ich, die Sehnsucht zur Liebe endet niemals. Niemals. Die Tulpen schrien, und ich zitterte. Mein ganzes Dasein war in Aufruhr, die Welt voller Sinn und mir gleichzeitig entrissen. Mir war, als sollte ich weinen.

Aus dem Café heraus klirrten Besteck und Tassen.

Ich hoffte und fürchtete und wusste: Sie würden kommen.

Und Sie kamen.

Entsetzlich.

Dieses Wort, genau dieses Wort dachte ich. Verzeihen Sie mir. Es war das erste Mal, dass ich Sie gehen sah, ich war nicht darauf gefasst: Sie kamen die Rampe zum Café hinunter mit grausig kippenden, maschinenhaften Schritten, als fahre Ihr königliches Antlitz auf einem zusammengeschusterten Karren, dem ein wahnsinniges Kind eckige Räder gegeben hatte und dessen ruckelnde Fahrt Ihre Würde lächerlich erschütterte. Ich sah: Ihre Hüfte ist verkümmert. Unter all Ihren weißen Gewändern tragen Sie abgeschabte Stiefel. Und Ihr rechter Fuß ist ein Klumpfuß.

Sie hinken.

Töricht, das zu sagen, Sie wissen ja selbst, dass Sie hinken. Aber Sie können niemals aus einer Entfernung heraus beobachtet haben, was mit dem Wort Hinken nur schwach beschrieben ist: Mit jedem Schritt knicken Sie zur Seite hin, tief, beängstigend, in diese überzerrte klassische Haltung, aus der heraus Sie sich mit dem ganzen Leibe wieder in ein Lot und dann in einen neuen Schritt hineinwuchten müssen. Und dabei ist es immerzu, als knirsche Metall und zerbrechliches Gestänge.

Ich saß wie mit Eis übergossen.

Ich starrte und starrte und starrte, als wäre ich ein ungehobelter Pennäler. Fast stand mir der Mund offen. Dann, endlich, hob ich die Zeitung vor mein blödes Gesicht und verbarg, wie sehr jeder Ihrer Schritte mich marterte. Und doch wuchs in mir langsam, langsam ein tiefes, verwundertes Glück. Denn Sie waren es doch, die da herankam. Wenn auch entsetzlich: Es waren doch Sie.

Sie bemerkten mich nicht oder wollten mich nicht bemerken. Sie zerrten sich an mir vorüber und nahmen an einem Tische nicht weit von mir Platz. Da ich die Gepflogenheiten des Cafés kenne und weiß, dass man seine Bestellung selbst von einer Holztheke im Vorraum forttragen muss, hätte ich aufstehen und anbieten können, Ihnen etwas zu bringen. Aber ich vermochte nichts. Still saß ich da. Sie indes benötigten mich gar nicht. Offensichtlich kennt man Sie im Liebieghaus. Eine junge Frau eilte jedenfalls gleich an Ihren Tisch und begrüßte Sie. Sie lächelten, Sie hoben die Arme, als dankten Sie der Kellnerin für das wunderbare Wetter. Sie bestellten etwas, und man brachte Ihnen, nur zu gerne hilfsbereit, ein Tablett heraus. Alles darauf schien mir üppig. Aber Sie aßen gar nicht. Sie nahmen ein Buch aus der Tasche, in dem Sie dann ebenso wenig lasen wie ich in meiner Zeitung. Und während ich allmählich meinen Schild senkte und hinübersah zu Ihnen, saßen Sie mit geschlossenen Augen und genossen die Stunde, Ihre Gedanken, die Sonne. Und ich genoss Sie.

An diesem Tage im April fand ich nicht den Mut, Sie anzusprechen. Als Sie das Café nach etwa einer halben Stunde verließen, ging ich Ihnen jedoch nach. Im Kies des Gartenweges hinterließen Sie Ihre Spur aus gewaltsamen Halbkreisen. Um Ihre Gestalt aber fing sich das Licht.

Über den glashellen Main gleißten die Fassaden des Bankenviertels blau und weiß herüber, als wollten sie im nächsten Augenblick zu Luft und Himmel werden und entschweben. Ich folgte Ihnen, langsam, oft verharrend, wenn ich Ihnen zu nahe zu kommen drohte, den Schaumainkai hinauf bis zum Eisernen Steg, den Sie, eine Hand am Geländer, vor Anstrengung keuchend erklommen. Mit seltsamer Erregung suchte ich, Ihren hinstürzenden, krachenden Schritt zu enträtseln, aber ich sah nur dies: Sie gleiten nicht, Sie tanzen nicht. Sie hinken. Und so sehr man hinzuspringen möchte, Sie fassen, stützen und aufrichten möchte: Sie gehen allein.

„Er hat gründlich hingesehen", flüstert meine Freundin. Sie hat eine Hand zum Mund gehoben und beißt auf dem Knöchel des Daumens herum. Über ihren Handrücken läuft ein dunkler Riss.

Mir fällt ein, dass wir am Nachmittag abseits des Wegs und durch Dornen gegangen sind.

Wieder weiß sie Buchstaben, Satz und die Stelle, an der ich gerade war. Sie muss den Brief wieder und wieder gelesen haben.

Aus irgendeinem Grund tut mir das furchtbar weh.

„Möglich", erwidere ich, gewollt forsch. „Ein gründlicher Bruchteil ist trotzdem nicht das Ganze. Bleib mir ja von den Bockshörnern fern."

Ihr Blick fliegt mit einem Wimpernschlag zu mir herüber. Sie hat die Augen zusammengekniffen, zwischen ihren Lidern glitzert es schwarz.

„Blödmann", sagt sie.

„Allerdings", sage ich.

Und seufze. Ein weiteres dicht beschriebenes Blatt.

Ich folgte Ihnen über den Eisernen Steg, über den Römer, hinunter zur U-Bahn-Station. Wie mein Gefühl beschreiben, als Ihr Weg mehr und mehr mit meinem Heimweg zusammenfloss, Sie meine U-Bahn-Linie nahmen, in meine Richtung, Sie am Merianplatz ausstiegen, meiner Station, Sie eben jene Rolltreppe hinauffuhren, die auch ich jeden Tag nehme, am Merianbad vorübergingen, wie auch ich das immer tue, Sie schließlich in die Elkenbachstraße einbogen und, unfassbar, vor meinem Haus einen Schlüssel aus der Tasche zogen und diese eine Eingangstüre aufschlossen, die auch die meine ist? Ungläubig zögernd begriff ich, dass Sie, die Fremde, die Königliche, die Erscheinung aus Licht und Erschütterung, meine Nachbarin sein müssen.

Ja, wir wohnen im selben Hause.

Das weiß ich nun seit fast sieben Monaten.

Wollen Sie mit mir lachen? Damals, im Frühling, war ich frei von Zweifeln. Unsere Begegnung war mir das Zeichen einer späten Liebe, und ich war sehr verliebt. Ich ging Ihnen heimlich nach. Ich träumte von Ihnen. Ich bemerkte, dass Sie, in unserem ganzen Block überhaupt nur Sie, einen Blumenkasten auf die Fensterbank stellten. Einen winzigen Kasten nur, aber den ganzen Sommer über blühte es wuchernd und wild darin. Oft stand ich, unserem Haus gegenüber, in einer Hofeinfahrt und wartete auf Ihren Anblick. Manchmal hatte ich Glück und Sie erschienen im Fenster und durchwandelten Ihren Rosengarten mit geneigtem Kopf und geschlossenen Augen.

Meine erste Seminararbeit habe ich über Ovid und die Liebe geschrieben. Vor einem halben Jahrhundert. Damals dachte ich, berauscht und selig, so wäre die Welt: Eine Ode an die Liebe. Dieses Jahr im Frühling dachte ich es wieder. Und ich dachte: Wenn ich ein König wäre, ich schenkte Ihnen einen winzigen Garten in einer unendlichen Landschaft.

Während ich dies schreibe, ist es Oktober.

Oft unterbreche ich mich, stehe auf, gehe umher, sehe aus dem Fenster. Unsere Straße ist eng, wie Sie sehe ich keine Ferne und kaum einen Himmel. Unser Ausblick scheitert an den Häusern gegenüber. Oh, ich weiß sehr wohl, dass man mich von dort beobachtet. Ahnen Sie, dass im Haus gegenüber eine Verrückte wohnt? Sie weiß, so denkt sie, alles über mich, weil sie mich sehen kann. Meine Fenster tragen keine Gardinen, und an meinen langen Abenden gehe ich schutzlos durch beleuchtete Räume. Das Licht zeigt mich, ohne dass es mich enthüllte.

Was sieht sie schon in meinen kleinen Zimmern zur Straße hin? Vor deckenhoch gefüllten Regalen aufgeschichtete Stapel von Büchern und Papieren, in meiner Jugend fundamentierte Türme, Aufsätze, Entwürfe, Skripte wankend ineinander gelehnt über Abgründen und tiefen Schluchten. Zwischen Türen und Fenstern durchschnitten von gewundenen Pfaden. Als Insel in meterhoch aufgeworfener See diesen Schreibtisch. Was vermag sie daran zu erkennen? Ein kluger Freund, ein Psychologe, hat mir vor Jahren bei einem Besuch in halbem Scherz gesagt, ich litte an einer Wertbeimessungsstörung. Das Wort hat mir gefallen, es kommt so lächerlich ordentlich und ingenieurhaft daher. Als wäre es störungsfrei vernünftig, meine aufgeklinkerten Türme wertlos zu nennen. Dabei weiß ich doch von jedem einzelnen Blatt, Artikel, Prospekt, jeder Notiz, jedem Bonbonpapier, jeder Fahrkarte Herkunft und Stunde. Jedes Fitzelchen ist mir eine unersetzliche Bake im Lauf des von mir zurückgelegten Weges, Zeichen, Aufzeichnung und eigentliche Bedeutung. Beliebig greife ich etwas daraus: Eine Kinokarte aus dem Jahr 1964. Dieses verblichene Stück Pappe birgt das ganze Ereignis: Den Abend eines jungen Mannes, der mit anderen aufgeschreckten Seelen einen experimentell gewagten Film ansieht, laut, unverantwortlich, intellektuell. Es birgt das berauschte Gespräch danach, die unangetastete Gewissheit, dass der eigene Geist, gleichgültig gegen jede Konsequenz, ganz er selbst zu sein auserwählt ist. Das Herz vibriert mit dieser eisernen Saite: Vertraue dir selbst, wie sehr die Welt dich auch abtun mag und verlacht und missversteht. Ne te quaesiveris extra!

Diesen großen, jubelnden Augenblick weiß ich eingekapselt und sicher geborgen im Turm rechts neben dem

Lichtschalter in meinem Schlafzimmer, wenige Zentimeter oberhalb des rosafarbenen Deckblattes meiner ersten wissenschaftlichen Arbeit. Welchen Wert, fragte ich vor Jahren den klugen Freund, sollte ich meinen Türmen denn beimessen, wenn nicht diesen: Dass sie mir kostbar sind, die Mauern meiner Zitadelle, die Umsäumung meiner Heimat. Wie ein Fürst gehe ich auf ihnen umher und beschaue ihren Sockel und den Blendstein und ermesse die Gärten und Tempel, die sie umhegen. Zu ihnen kehre ich zurück, ihr Anblick markiert das Ende jedes Weges, jeder Reise, jeder Verirrung. In ihrem Innern liegt mein Ich.

Verzeihen Sie, ich träume. Ich sitze über Minuten hier und träume.

In diesem Frühjahr jedenfalls, als ich noch dachte, wir wären uns begegnet, damit ich mich in Sie verliebe, sehnte ich mich danach, Ihnen in nach und nach immer ausgedehnteren Stunden einzelne Kostbarkeiten, ja die prachtvolle Durchdachtheit dieser Türme selbst zu zeigen. Ich wollte Ihnen begreiflich machen, warum man die Türme nur von ihrem Fundament her mit neuen Erinnerungen aufmauern darf, so dass es, je höher ein Turm bereits gewachsen ist, zunehmend mühselig und am Ende nahezu unmöglich ist, etwas hinzuzufügen. Der Bau muss nämlich jedes Mal abgetragen, am Sockel um das Neue ergänzt und sodann mit Sorgfalt wiederum errichtet werden. Ich wollte, dass Sie dies begreifen: Unauslöschbar befindet sich das, was wir als Aufbrechende waren, an der Oberfläche. Eine Schar Seerosen auf einem verwirrend dunklen Teich.

Mir ist übrigens die Bezeichnung durchaus geläufig, die mein psychologischer Freund wohl aus Takt nicht aussprach: Er hält mich für einen Messie. Aber meine Wohnung ist weder vermüllt noch unbetretbar. Ich halte sie sogar für außergewöhnlich geordnet. Und doch schwindelte mir bei der Vorstellung, Sie einzuladen.

Sie dürfen sich mir nicht nähern. Nicht, weil ich keinen Staubsauger besäße, sondern so: Meine Seele ist schwarz. Schwäche liegt auf ihr wie dicker Schimmel, und darunter der üble Grind der Schuld. Von der ich Ihnen berichten werde. Bald, bald.

Mir fällt auf, dass ich diesen ewigen Brief immerzu in Nächten schreibe, oder in einer Nacht, die, seltsam, kein Ende findet. Die Saat, die ich einzusetzen habe, ist weder erhaben noch bitter. Ihre Bedeutung werden Sie allein entschlüsseln müssen. Wenn es überhaupt eine Bedeutung gibt. Mag das der Grund sein, weshalb wir uns begegnet sind. Ja, die Mutmaßung Ihrer Einsamkeit ist die Klippe, zu der ich mich geflüchtet habe. Dort treffen wir uns.

Wir vermögen einander zu retten, denn wir unterscheiden uns nicht.

Verzeihen Sie mir, ich hab diesen Brief mit dem Vorsatz begonnen, einmal Geschriebenes unter keinen Umständen wieder zu streichen. Und nun spreche ich mir selber in Rätseln.

„Die Mutmaßung deiner Einsamkeit." Ich lege den Brief auf die Holztruhe und recke mich. Weiterlesen möchte ich erst einmal nicht, meine Gedanken gegen den Verfasser des Briefes sind zunehmend unfreundlich. Ich verabscheue Andeutungen. Ich hasse Larmoyanz. Und ich habe das Bild einer schwarzen Woge vor Augen, die sich höher und höher aufbaut und über meiner Freundin zusammenbrechen will. Ein Tsunami verwirrter Weinerlichkeit.

Ich gehe ins Schlafzimmer hinüber und hole mir eine Strickjacke, mich friert. Als ich zurückkomme, bemerke ich, dass meine Freundin mich ein wenig tadelnd betrachtet. Oder vielmehr irgendwie betrachtet, den Tadel spinne ich mir wohl selbst zusammen. In Wahrheit weiß ich überhaupt nicht, was sie gerade denkt.

Belauert sie mich etwa?

Mit einem Mal überfällt es mich, und ich verstehe gar nicht, warum mir das erst jetzt in den Kopf kommt.

„Also", sage ich, als ich wieder sitze, „ich werde mir Mühe geben und weiterlesen, wenn du mir eine Frage beantwortest. Das ist ja albern, wie du mich da blöd-schweigst."

Sie schließt ihr Buch, einen Finger zwischen den Seiten, und nickt. Unter ihrem linken Auge zuckt es. Sonst ist ihr Gesicht so ausdruckslos wie ein biometrisches Passbild.

„Gut." Ich warte einen Moment, damit meine Frage ein gehöriges Gewicht erhält, denn es ist mir sehr ernst damit.

Dann frage ich: „Macht dieser Mensch dir Angst?"

Meine schöne Freundin scheint etwas überrascht. Sie denkt nach.

„Ja", sagt sie schließlich. Und fährt mit langsamer Sorg-falt fort: „Im Nachhinein und in immer ganz unterschied-licher Weise, das ist sehr verwirrend. Wie ein Bandwurm, weißt du, er saugt einen aus, und man hat aber keine Ah-nung, dass er sich da in den Innereien ausgebreitet hat und sich von einem ernährt. Das ist so – intim. Dabei folgt der Wurm einfach seiner Natur. Er ist vollkommen rücksichts-los, verstehst du? Im Leib würde man doch auch ein Kind bergen. Wie sehr will man es beschützen! Das ist dann eine ganz andere Angst: Die Sorge, dass es ihm nicht gutgeht. Dass es im Innern abstirbt. Oder ein Wechselbalg ist. Furchtbar ist das." Sie hält inne. Dann lehnt sie sich un-vermittelt in ihren Sessel zurück und schlägt das Buch an der Stelle wieder auf, an der ich sie unterbrochen habe.

„Aber ich habe dir den Brief nicht deswegen gezeigt", sagt sie. „Nicht, weil ich mich fürchte."

Ich warte noch eine Weile, aber mehr kommt von ihr nicht mehr.

Seit zwei Tagen habe ich nicht am Schreibtisch gesess-en. Ich war verreist. So verzögere ich mich: Indem ich wegfahre, nach Ulm oder nach Antwerpen oder nach Idar-Oberstein, Städte, in denen ich dann immer nur eine Nacht verbringe. Welche Stadt ich auswähle, ist beliebig, irgendein Name, irgendein Klang, der mir, ich weiß nie, warum, im Ohr ist. Dennoch mache ich mir vor, dass ich reise, weil ich schon immer gerade diese Stadt einmal besuchen und ansehen wollte. Nun, vorgestern fuhr ich nach Ulm. Das Münster dort ist von absurder Riesenhaftigkeit. Mehr habe ich an Eindrücken und Erkenntnissen nicht mitgebracht. Alle Städte, die ich in dieser Weise besuche, sind eine große Enttäuschung.

Im Grunde, dies weiß ich, fliehe ich den Bericht, der die Aufgabe dieses Briefes ist. Vielleicht möchte etwas in mir damit untätig bleiben, bis meine Erinnerung so zerfressen ist, dass ich schließlich sogar vergesse, warum ich diesen Brief begonnen habe.

Aber noch erinnere ich mich sehr deutlich.

Ich überlese nicht, worüber ich vor meiner kurzen Abwesenheit geschrieben habe. Über den Anfang unserer Bekanntschaft, ja, daran zurückzudenken ist leicht wie blonder Sand an irgendeinem Meer: Im Frühjahr durchlebte ich selig unbefangene Tage. Eine rosafarben zarte Freude begann in mir zu wachsen, während ich Ihnen noch immer heimlich nachging. Sehr bald verspürte ich den Wunsch, Ihnen tatsächlich zu begegnen. Eine wie zufällige Begegnung zu bewerkstelligen, schien mir äußerst einfach, Sie waren mir doch schon so nahe gekommen. Unser Haus pflegt gute Nachbarschaft, man kennt sich, trifft sich in der Gemeinschaftswaschküche, plaudert im Treppenhaus. Wie froh war ich jetzt darüber, nachdem die greisen Schwestern mich jahrelang gequält hatten mit ihrer dickfelligen Geschwätzigkeit. Die Vorstellung hat sich ihnen nämlich eingeprägt, dass ich Historiker sei. Wegen dieses Irrtums überschütten sie mich mit grauenhaften Bildern aus dem letzten Kriege. Nun ließ ich mich auf jedes Gerede gerne ein, denn ich war nach Ihnen aus. Ein nachbarschaftlicher Gruß, ein scheinbar achtlos vorüberläufiges Nicken im Hausflur sollte der Anfang sein. Der Anfang wovon, diese Frage stellte ich mir nicht.

Ich alter Narr.

In den ersten Wochen verfolgte ich über das Verharren im Treppenhaus hinaus mit einer gewissen Munterkeit zudem folgenden Plan: Am Morgen ging ich mehrfach aus dem Hause, damit, dies hielt ich für unabwendbar, wir uns über den Weg liefen. Irgendwann mussten Sie ja das Haus verlassen. Um sieben Uhr brach ich also das erste Mal auf, um zum Bäcker zu gehen, ein Stunde später ein zweites Mal, um eine Zeitung zu kaufen. Ich begann, die Schlagzeilen bei der Rückkehr noch im Durchgang zwischen den Mülltonnenhäuschen vor dem Hause zu lesen, als hätte irgendein Ereignis mich bis zur Erstarrung hin gefesselt. So gewann ich einige Minuten, die ich mit flatterndem Mantel und bebenden Armen ausdehnte, bis ich befürchten musste, den Nachbarn sonderbar zu werden. Zehn Mietparteien verließen zu dieser frühen Stunde das Haus, sie alle huschten an mir vorbei: Der Ehemann der nachtschattigen Brasilianerin; die italienische Übersetzerin aus der Mansardenwohnung, im Gesicht ein fröhliches Lächeln, das mir galt oder irgendjemandem; die greisen Schwestern, schwatzhaft und in Eile: In der Zeit bis halb neun öffnete sich die Haustür viele Male, und mit jedem Male durchzuckte mich ein schmerzhaftes Erschrecken, denn ich wusste überhaupt nicht, was, wenn Sie es tatsächlich einmal gewesen wären, ich zu tun gehabt hätte. Ich stand auf dem Trottoir, mein Haar wehte. Sie jedoch erschienen nicht ein einziges Mal.

Fast war ich froh darüber.

Schließlich kehrte ich, die Zeitung unter dem Arm, in meine Wohnung zurück und trank, lauschend und im Flur stehend, eine Tasse Kaffee. Ab neun Uhr wird es leer und still in unserem Haus. Um halb zehn ging ich ein drittes Mal hinunter und sah nach der Post. Stand wiederum bei den Mülltonnen, den ernsten Blick auf Mitteilungen und Rechnungen, bis ich die Sinnlosigkeit meines Unterfangens nicht mehr bemänteln konnte und, manchmal mit Tränen in den Augen, ein letztes Mal an Ihrer rätselhaft stummen Tür vorüberstieg, von der ich immer glaubte, dass Sie sie in der Sekunde zuvor gegen das Herannahen meiner Schritte geschlossen haben mussten, leise, behutsam, endgültig. Und am nächsten Tage begann ich mein kleines

Ritual von Neuem, pochend genährt von Hoffnung und einer tiefen Freude, die sich, während die Tage verstrichen, immerzu steigerte, indem sie sich niemals erfüllte.

Aber wie sehr lebte ich!

Und die Nächte! Große und grauenhafte Nächte!

Verzeihen Sie mir. Ich wünschte so sehr, Sie wären allein. Ich wünschte gleichzeitig, Sie wären mit mir. Nachts, wenn ich im Schatten der greisen Schwestern hoffte, dass auch Sie im Hause seien, löschte ich alle Lampen in meiner Wohnung, öffnete die Türe, nur einen Spalt, und lauschte hinaus in das düstere, leere Treppenhaus, zu Ihrer Wohnung zwei Stockwerke unter mir hin. Nie hörte ich Sie. Und nie hörte ich jemanden bei Ihnen. Das war meine schwarze Freude.

Oft stand ich bang in meiner verdunkelten Diele, wenn die Haustüre aufschlug, das Licht anging und fröhliche Stimmen herankamen, schnelle, feste Schritte auf dem abgewetzten Terrazzoboden. Bang, dass diese Lebendigen vor Ihrer Tür zum Stehen kommen, dass Sie ihnen öffnen könnten, glücklich, erfüllt, mir unerreichbar, während ich in meiner Wohnung stand wie in einem Grab. Doch immer brandete die laute Munterkeit an Ihnen vorüber in irgendeine andere Wohnung, und sobald sie, rasch gedämpft, wie ungeschehen versickerte, schloss ich getröstet meine Tür. In dieser Weise verbrachte ich Abende und Nächte mit Ihnen und träumte mich müde, indem ich die Treppe hinablauschte und mich vergewisserte, dass auch Sie nicht ausgegangen waren.

Ich konnte Ihr Leben nicht begreifen.

Irgendwann kam mir als Wahrheit in den Sinn, dass Sie jemanden verloren haben müssen. Dass jemand, den Sie sehr lieben, nicht mehr bei Ihnen ist. Dass Sie deshalb einsam sind. Und einsam bleiben werden. Meine Phyllis, die sich an einen Irrtum vergeudet.

Heillos.

Heillos war dann auf einmal der Frühling. Manchmal, in schlimmen Nächten, stand ich auf der verödeten Straße, dort, schräg gegenüber, in der Hofeinfahrt, die mein Platz geworden war, und sah zu Ihrem Fenster hinauf. In diesen Nächten war mir unser Haus eine grauenvolle, klingenbewehrte Klippe.

Und später, in meinen Träumen, sah ich Sie hinuntergehen zum Strand. Das Wasser leuchtete und war heller als der Himmel über der bitteren Luft. Wellen schlugen still und träge an die Gestade. Über Ihnen lehnte der dunkle Fels und die Bucht verriegelte Ihr Reich gegen das Meer, über das Er gegangen war und von dem Er nicht wieder kommen würde. Im Traum hatte ich nackte, stolze Arme, die sich Ihnen entgegenreckten. Doch plötzlich, jedes Mal, waren Sie fort.

Noch immer träume ich so. Und wenn ich erwache, sind meine Haare schütter und grau, und schleppend vergehen schreckliche Stunden.

Sie alle habe ich verdient.

„**D**as glaube ich langsam auch", entfährt es mir, und ich lege die Blätter aus der Hand, diesmal mit großer Entschiedenheit. „Hunger?"

Meine Freundin nickt, also stehe ich auf, gehe ich in die Küche und durchwühle den Kühlschrank.

„Ich verstehe nicht", rufe ich ins Wohnzimmer hinüber, „warum er mich nie bemerkt hat. Wann stand der im Flur herum, dieses Jahr im Mai, nicht wahr?"

„Was?"

Ich finde ein recht anständiges Stück Käse, beiße eine große Ecke ab und vergesse einen Augenblick alles andere.

„Was?" Wieder meine Freundin, ziemlich laut diesmal.

„Mmm." Mein Mund ist voll.

„Ich habe auch Hunger." Genervt.

Kauend zerteile ich den restlichen Käse in Häppchen, schneide Äpfel in Streifen und befülle kleine Schüsseln.

„Der hätte mich doch wenigstens einmal sehen müssen." Ich lache, weil mir einfällt, dass wir uns oft so durch die Zimmer unterhalten. „Und hören."

„Du warst in Toulouse", schreit sie.

Ich fülle zwei Gläser mit Mineralwasser, belade ein Tablett, lege noch ein paar Scheiben Brot dazu und gehe damit ins Wohnzimmer zurück.

„Amors de terra lonhdana", summe ich. „Und trotzdem."

Meine schöne Freundin greift, wie ich finde recht unbeherrscht, nach den Käsestückchen und schiebt Brot nach. Eine Weile kaut auch sie.

„Jedenfalls", sagt sie dann, „hat er nicht mitgekriegt, dass ich am Abend nie zuhause bin. Also, wenn Vorstellung ist, und das ist ja fast immer. Den ganzen Abend denkt er, ich sitze allein vor dem Fernseher, aber ich habe gar keinen Fernseher, und in Wahrheit ist gerade Pause, und ich pudere die Becker nach."

„Großartige Medea", flechte ich ein.

Sie zuckt mit den Schultern und schüttelt Krümel von ihrem Pullover.

„Naja", sage ich schließlich, „niemand ist so taub, als der nicht hören will."

Ich nehme mir einen Apfelschnitz.

Der Brief fährt fort.

Der April und der Mai gingen so hin. Ich lebte zwischen Dunkelheit und Glück. Am Tage aber schien die Sonne, Vorhänge wehten aus viel versprechend geöffneten Fenstern, der Duft des Fliederbaums im Garten zog durch das Haus. Ich traf Sie immerzu nicht an, umso mehr erfüllte der sanft glänzende Gedanke an Sie mein allmählich wunderbar aufgewühltes Dasein. Ich wachte auf mit Ihnen, ich schlief ein mit Ihnen, ich träumte, Sie lägen neben mir. Ich dachte an Sie, als wären Sie mir gewiss. Mir lag ein Lächeln im Gesicht, närrisch und wunderbar, als hätte ich Sie tatsächlich berührt.

Jedoch: Nie sprachen wir, nie flochten wir uns in den Reigen nachbarschaftlichen Geplauders ein. Während die Schwestern fortfuhren, mich mit ihren Erinnerungen zu plagen: Der Bruder steht in der Nacht des 18. März 44 auf der Pfingstweidstraße und brennt lodernd und weiß, seine Augen aufgerissenen Blicks zu den Schwestern hin, bis eine fauchend turmhohe Woge von Feuer ihn mitreißt, und er verglüht, niemand weiß wie. Nur seine Augen bleiben, man sieht sie immer noch. „Ich kenne den Krieg nicht", sagte ich immer wieder, weil das die Wahrheit ist und ich außerdem nicht wusste, was sonst sagen. Wir sind alte Menschen, wir sollten schweigen und können es nicht. Manchmal haben Sie verglühte Augen, und ich ertappe Sie: Sie sehen auf die gleiche Weise in die Welt wie der brennende Bruder. Wie die erbärmlichen und wundervollen Tiere im Zoo, die brüllend ihren von Glut überfluteten Gattern nicht mehr entkommen konnten.

Es ist nicht Ihre Schuld, dass ich Sie verpasste. Wir waren so gemeint, dass wir bis dahin kommen: Sie gehen vorüber und behalten Ihren Blick für sich.

Nein, einen einzigen, anderen Moment gab es doch. Als der Sommer schließlich da war und im Garten die Wäscheleinen gespannt wurden. An einem Donnerstagmorgen trug ich meinen Waschkorb hinunter. Sie hatten Ihre Leine bereits bestückt und wollten gerade ins Haus zurück, als ich die hintere Tür zum Garten hin öffnete. Fast hätte ich die Türklinke in Sie hinein gestoßen. Sie standen auf einmal dicht vor mir und mir stockte der Atem. Versteinert umklammerte ich den Rand meines Korbes, und auch Sie verhielten mitten in einer Bewegung, überrascht natürlich. Gleich aber nickten Sie mir zu und lächelten. Der Wind griff in Ihr Haar. Sie schoben sich eine Strähne aus der Stirn und traten mit irgendeinem Gruß zur Seite, während ich es kaum bewerkstelligte, sprachlos an Ihnen vorbei ins Freie zu stürzen. Ich war Ihnen so nahe, dass ich Ihren Duft erhaschen konnte.

Das war der eine große Moment.

Im nächsten Augenblick hinkten Sie in den Hausflur, und ich wagte nicht, mich auch nur nach Ihnen umzuwenden. Ich hörte, wie Sie sich die Treppe hinaufzerrten.

Dann waren Sie fort. Und ich stolperte wie erblindet die Stufen zur Waschküche hinunter.

Einen Gedanken lang gab ich mich dort der Vorstellung hin, dass die Maschine, in die ich nun meine Wäsche legte, kurz zuvor noch Ihre Wäsche geborgen haben musste. Ganz unfähig, ein Programm in Gang zu setzen, stand ich in dem fahlgelb gekachelten Kellerraum, lächelnd und dumm, und träumte, dass dies meine letzte Stunde wäre: Unsere Hände treffen sich, um eine Wäscheleine gewunden. Es ist heller Sommer, und Sie lachen, leise, sanft, mit geneigtem Kopf, weil ich ja bei Ihnen stehe und aus meiner Turmgröße herabblicke auf Ihr blondes und weißes Haar. Der Hinterhofgarten weitet sich, Sie lachen die Mauern, die schieren Fassaden, das verschmutzte Gestrüpp fort, bis wir in einem Hain sind, hoch über dem weiten blauen Meer, Wind weht, wie niemals noch zuvor, in die Laken greift er, strahlend bauscht er sie zu Schleier und Vorhang. Dort und immer beginnen die frohen Tage für mich.

Alles Schöne zerbirst, indem wir nach ihm greifen.

„Mir ist", flüstere ich, „immer der Gedanke lieb gewesen, dass wir das Schöne niemals werden zerstören können."

Meine Freundin lehnt sich aus ihrem Kokon aus Wolldecke und Licht zu mir hin und küsst meine Stirn. Dann verbirgt sie sich wieder.

Manchmal liebe ich sie so sehr, dass ich es gar nicht fassen kann.

Ich blinzele. Ich lese.

Wiederum ist eine Nacht vergangen. Ich fürchte mich.

Sie, meine Phyllis, dürfen diese Blätter aus der Hand legen, wann immer Sie wollen. Ich jedoch, ich entkomme mir nicht. Und ich flehe Sie an. Ich flehe Sie an …

Von nun an wird es rascher gehen. Sie wissen, dass ich Sie nie angesprochen habe. Näher als in dieser halben

Minute an der Hintertür kam ich Ihnen nicht. Ich war wunschlos. Ich träumte. Ich dachte, ich hätte so viel Zeit. Ahnungslos gaukelte ich Sie in meine Gegenwart, indem ich den Garten im Auge behielt. Immer wieder und tausend Mal stand ich oben an meinem Küchenfenster und sah Ihnen zu, wie Sie Ihre Blusen und Kleider und Laken in den Wind hängten. Manchmal standen Sie dann im Gras, still, den Kopf im Nacken, ihre Augen gingen im Himmel spazieren und Ihre Gedanken waren irgendwo.

Der Sommer stob vorüber, seit August regnete es häufig. Mitte September stellte mein Arzt fest, dass ich an ersten Symptomen einer Alzheimererkrankung leide, noch nicht gravierend, jedoch, das musste man mir nicht erklären, ohne Aussicht auf Heilung und mit nur geringer Möglichkeit, den mir unausweichlich bevorstehenden Verfall aufzuhalten. Der Arzt führte mit mir ein blasses Gespräch. Es dauerte kaum länger als eine Viertelstunde.

Heute scheint mir, mein erster Gedanke habe meinen Türmen und den darin aufbewahrten Erinnerungen gegolten. Vielleicht wollte ich meinen Freund anrufen, um ihm mitzuteilen, dass ich nun endlich immer vernünftiger würde, jeden Tag ein wenig mehr, bis ich irgendwann am reinen Grund objektiver Ratio angekommen wäre. Einem Ort, der sich in einem halben Tag kartieren und mit den Farben Schwarz und Weiß vollkommen wiedergeben ließe. Wie sehr ihm das doch gefallen müsse.

Doch schon der nächste, mir klar erinnerliche Gedanke galt Ihnen. Und ich glaube, dass ich ein Recht hatte, an Sie zu denken. Warum sonst hätte ich Ihnen so viele Seiten geschrieben, wenn nicht, um Ihnen zu sagen: Ich hatte ein Recht, in diesen fürchterlichsten Momenten meines Lebens an Sie zu denken.

Als ich die Arztpraxis in der Böttgerstraße verließ, war es sehr schwül, der Nachmittagshimmel verschattet und grau. Ich stand zitternd auf dem Gehweg, Häuser ragten um mich her, Menschen gingen vorüber, lautlos und flach wie schlechte Kulissen. Mir war schwindelig, als wäre ich plötzlich taub geworden. Unmöglich, nach Hause zu gehen.

Unmöglich.

Ohne es zu wissen, floh ich zum Lohrberg hinauf und dann auf die stickige, undeutliche Wetterau hinaus, jagte über die spätsommerlich fahle Landschaft einem trüben Horizont entgegen, grau und zerfließend wie der Rand einer verblassten Postkarte. Die Luft war beklemmend und gewittrig, der Himmel verhangen. Ich schwitzte, mir wurde schlecht vor Anstrengung, doch ich konnte nicht stehenbleiben. Unaufhörlich trieb ich mich voran, ohne Weg und Richtung, einige Stunden lang und durch ein ganzes Leben. Wirre Gedanken und Bilder, bedrohlich wie Granatsplitter, hetzten mich, sobald ich innehalten wollte. Meine Füße stießen sich an den Steinen der Feldwege wund, mehrfach fiel ich. Vielleicht kroch ich. Ich schrie. Ja, unter dem purpurfarbenen Dunst eines absurd schönen Abendhimmels kroch ich auf allen Vieren durch ein abgeerntetes Feld und schrie.

Nichts von dem, was in mir geschah, ließe sich in Worte fassen. Zeit verging. Ich lebte. Ich ging durch schweren, braunen Glast als schwömme ich. Keine Wolke wollte sich formen.

Kein Tropfen fiel.

Irgendwann, es war noch immer sehr warm, aber schon seit einer ganzen Weile dunkel, verebbte meine Kraft. Ich war erschöpft und durstig, als hätte ich eine Wüste durchquert. Mir klebte die Zunge im Munde. Mit blöder Verwunderung stellte ich fest, dass dies tatsächlich so ist: Die Zunge klebt einem im Munde. Unvermittelt konnte ich keinen einzigen Schritt mehr tun, ich sank zur Erde und saß oder lag wie gestrandet, wo ich gerade angekommen war, auf irgendeiner kleineren Erhebung inmitten von Obstbäumen. Ein verirrter Vogel sang ein trauriges Lied, hinter einem matten Schleier leuchteten die Sterne. Es musste sehr spät geworden sein, tief in der Nacht, die Uhrzeit konnte ich nicht erraten. Ein warmer, böiger Wind blies mir Staub in die Augen und zerrte an meinem Haar. Das erste Mal seit Stunden spürte ich mich wieder, das feuchte Hemd im Nacken, schmerzende Knie, ein Jucken auf der Kopfhaut, wo der Schweiß langsam eintrocknete. Ich lag auf dem Rücken und atmete tief, ein Mensch mit wunden Kniescheiben im Angesicht des Universums.

Fast sofort überfiel mich der starke Wunsch, mich zu betrinken. Diesen Wunsch habe ich selten, deshalb hätte ich in meiner Wohnung auch nichts anderes als einen seit Wochen geöffneten Chablis vorgefunden. Jetzt aber brauchte ich mehr und Stärkeres als ein Glas Wein. An eine Einkehr war wegen meiner unabsehbaren Verfassung nicht zu denken. Nun, selbst ich weltfremder Zausel weiß, dass man eine einsame Flasche Whisky zu jeder Zeit an einer Tankstelle kaufen kann. Eine solche Tankstelle befindet sich am Festplatz, ich kenne sie, mein kluger Freund pflegt sich dort manchmal spät in der Nacht noch Zigaretten zu holen. Nun würde ich dort hingehen, um mir eine Flasche Whisky zu kaufen.

Ja, dachte ich, ich will mich betrinken.

Ich setzte mich auf. Als ich mich umsah erkannte ich, dass ich in einem großen blinden Kreis gegangen sein musste, denn nicht weit vor mir erhob sich die in der schwülen Luft flimmernde Silhouette Frankfurts. Rechts lag unter aus dem Nordwesten endlich heranziehenden Wolken der langgestreckte Rücken des Taunus. Aus der Ferne zuckte ab und an ein Wetterleuchten über den sonst noch offenen Himmel. Verwirrt und gleichzeitig unglaublich erleichtert begriff ich: Ich befand mich auf dem Heiligenstock, nur wenig unterhalb des dortigen Friedhofs und kaum mehr als eine halbe Stunde von meiner Wohnung entfernt. Ein mir vertrauter Ort. Seit vielen Jahren markiert er mir nach langen Wanderungen über die Wetterau und vom Vogelsberg herüber die letzte Rast vor der Rückkehr. Ich erhob mich.

Der Weg zurück führte mich in stillerer, aber noch immer unwirklicher Stimmung am Alten Zollhaus vorbei und von dort über die Brücke und entlang der B3 nach Bornheim hinunter. Ich bin diesen Weg tausend Mal gegangen, und nun blätterte ich mir im Geiste eine Karte auf, dankbar stürzte sich mein Verstand auf die Straßennamen: Die Festeburg an der Unfallklinik, dann die Autobahnbrücke der Friedberger Landstraße, der grelle, brüllende Verkehr - wie immer, dachte ich, welch ein Trost: wie immer; dahinter bog ich links in den Bodenweg ein, in die leise duftende Welt der Schrebergärten, wo am Sonntag zuvor ein sonnenverbrannter Pole seine Marillen an flanierende junge Frauen verschenkt hatte; nach der letzten Laterne am Wasserleitungsweg noch einmal bange Schritte unter den verwunschenen Zweigen, bis plötzlich dunkel und lautlos die ersten Bornheimer Häuser auftauchten, die Siedlung An den Röthen, alltäglich, unerschütterbar, Gottseidank, wie immer; und schließlich vertrieb nach der düster überwölbten Pforte der Vereinsstraße die Seckbacher Landstraße mit ihren blendend orangefarben Laternen jeden Schatten und jeden verirrten Traum.

Meine Gedanken wurden klarer und waren gleichzeitig von vollkommener Abwegigkeit. Während ich die Rendeler Straße hinunterging, über das völlig leere Fünffingerplätzchen, beschäftigte ich mich mit nichts anderem als der Konzeption eines Aufsatzes. Eine nicht unbekannte Wochenzeitschrift hatte mich gebeten, meine Haltung zur Aufhebung der Lateinpflicht für Philologen niederzulegen. Mir kam ein Adornozitat in den Sinn, dessen genauer Wortlaut mir jedoch entfallen war. Dem verlorenen Zusammenhang verbissen nachsinnend ging ich die Ringelstraße hinunter und erreichte die Saalburgallee. Vor der Bornheimer Post umgaukelte mich mit trügerischer Brillanz der Satz, dass, wenn Unwissen Voraussetzung von Bildung ist, im Vergessen ihre Erfüllung liegen müsse. In äußerster Konzentration schritt ich dem Festplatz zu, mit gesenktem Kopf und sehr langsamen Schritten.

Über mir hatte sich unterdessen die Luft immer mehr verdichtet. Die Wolken, die vom Heiligenstock aus gesehen noch in großer Ferne gelegen hatten, waren fast schon über der Stadt, Blitze enthüllten den aufgewühlten Himmel, Donner grollten dumpf und kamen heran, aber noch immer regnete es nicht. Wie bissige Kobolde zerrten vereinzelte Windstöße an den Büschen, an einer Bushaltestelle vibrierte eine lose Abdeckung, weggeworfene Zeitungen flappten über die Straße: Ich bemerkte es kaum, auch wenn die äußere, elementare Unruhe mein tiefstes Sein längst erfasst haben musste. Denn plötzlich, ich hatte den schmalen Fußpfad zwischen Saalburgallee und Festplatz bereits zur Hälfte hinter mich gebracht, schreckte mich ein instinktives Erahnen von Gefahr auf. Über mir sangen die Straßenlaternen, der Sturm war da, wie Atem schlug mir mit einer Bö ein scharfer, vollkommen fremder Geruch ins Gesicht. Dicht neben mir, aus dem Augenwinkel heraus sah oder erahnte ich gegen die stadterleuchtete, flatternde Luft als meterhohe Dunkelheit eine aus dem Nichts gekommenen Masse, ein unerklärliches Ding, wo eben noch die weite Leere des Festplatzes gewesen war, ein Etwas, das dorthin nicht gehörte und grauenvoll war.

Ungläubig, mit größter Willenskraft wandte ich mich einem reglosen, riesenhaften Schatten zu, unfähig zur Flucht, unfähig, etwas anderes zu tun, als mit offenem Munde zu starren.

Vor mir stand, erhaben und still, ein Elefant und betrachtete mich mit ernster Stirn und aufgestelltem Rüssel.

Nun, falls Sie an meinem Verstande zweifeln: Dieser Elefant war tatsächlich da. Er gehörte wohl zu einem Zirkus, der in der folgenden Woche auf dem Festplatz gastieren sollte. Vielleicht nutzte der Tierpfleger die menschenleere Nacht, um seinem Schützling eine Freude zu bereiten und ihm freien Auslauf zu gewähren. Für mich und in dieser Nacht jedoch war das Tier eine vollkommen unwahrscheinliche Erscheinung, vor der ich mit einer nie zuvor erfahrenen Mischung aus Erschrockensein und Seligkeit stand. Ja, selig, denn der Elefant streckte schnaufend den Rüssel aus und tastete mir unvermutet weich und fast scheu über die Wange, als erkenne er in mir einen einst verschollenen Freund.

Ich brach in Tränen aus.

Da stand ich, in meinem staubigen, an den Knien zerrissenen Anzug, mit blutigen Händen und zerrinnendem Dasein. Und während das mächtige Tier mir sanft über das Gesicht und die Schultern strich, weinte ich wie ein Kind. Und wie ein Kind konnte ich mir nichts anderes denken, als dass auch das Tier traurig sein musste, dass hinter seinen fernen, dunklen Augen die nutzlose Erinnerung an seine Jugend und die verlorenen Pfade Afrikas verborgen lag, der unfassbare Schmerz eines vergewaltigten Lebens. Ich weinte um mich und das Tier und die verlorene Sehnsucht einer ganzen Welt. Ich konnte gar nicht mehr aufhören.

Das sind die Schätze meines Lebens: Ich hatte einen klugen Freund, eine imaginierte Geliebte und, in der schlimmsten Nacht meines Lebens, den Trost eines Zirkuselefanten.

Meine Freundin gähnt, und ich stehe auf, weil ich eine Pause brauche. Ich gehe ins Bad, putze mir die Zähne und betrachte mich im Spiegel. Ich sehe angestrengt aus, müde aber bin ich nicht.

Als ich ins Wohnzimmer zurückkomme, geht meine schöne Freundin umher und zündet Kerzen an. Vor ihrem Wohnzimmerfenster hängen einige Schalen aus buntem Glas, dunkel und geheimnisvoll wie alte Kirchenfenster. Diese Schalen entzündet sie nun. Weil mir sehr danach ist, gehe ich zu ihr hin und streichele ihren Rücken. Gemeinsam sehen wir in die Flammen.

„Wir könnten die Nacht durchmachen", sage ich.

„Och", meint sie und lehnt sich an mich. Ich spüre sie am ganzen Körper. Wir betrachten den grünen, blauen und goldenen Schein in den Glasschalen.

„Das mit dem Elefanten", sage ich leise, „ist sehr schön."

„Ja", erwidert meine Freundin und legt die Streichholz-schachtel auf die Fensterbank. „Vielleicht."

Eine der Schalen, sehe ich, ist von einem so dunklen Rot, dass sie nahezu schwarz wirkt. Der Docht blakt. Ein flackernder Lichtpunkt. Wie ein Feuer in sehr großer Entfernung.

Meine Freundin räkelt sich unter meinen Händen. Dann geht sie mit den abgebrannten Streichhölzern in der Hand aus dem Zimmer.

Ich nehme meinen Platz auf dem Sofa wieder ein.

Irgendwann wandte der Elefant sich ab und schritt davon. Die Luft war noch immer warm, das Gewitter hatte sich verzogen, nicht ein Tropfen war gefallen. Ein wunderbarer, silbergrüner Sonnenaufgang stieg in den Himmel. Ich ging nachhause. Ohne Whisky, den hatte ich vollkommen vergessen.

Nun wissen Sie vieles. Es bleibt nur noch ein Schritt, dann muss ich Sie dem Bericht überlassen, der doch der eigentliche Zweck dieses ganzen Briefes ist. Es dauert nicht mehr lange, und alles andere wird gesagt sein.

Ich schlief an diesem Morgen einige wenige Stunden und erwachte zu völliger Klarheit. In der Nacht auf der Wetterau hatte ich die knabenhafte Schwärmerei für Sie verloren, sie war plötzlich fort. Ich vermisste sie nicht. Die ganze frühlingshafte Verliebtheit in den Monaten nach dem Zusammentreffen im Liebieghaus war ein Geschenk gewesen, ein gnädiger Umweg, aber nun war sie vergangen. Und wie bei allen gelösten Vexierbildern schien es im Rückblick völlig unbegreiflich, dass sich das Offensichtliche so lange und so gründlich hatte darin verbergen können.

Denn dies ist seither gewiss: Sie sind mir nicht begegnet, um mein Alter mit einem Hauch Liebe zu überglänzen. Oh, nein. Ich weiß mit der Endgültigkeit, die in solchem Wissen ist: Sie sind die letzte Planke im Trümmerfeld meiner Erinnerungen, an die ich mich eben noch klammere, bevor ich ganz versinke. Sie werden mich bewahren, wenn meine Türme eingestürzt und die Mauern gefallen sind.

Sie müssen begreifen: Dies ist kein Liebesbrief, sondern ein Testament. Der Teil meines Testamentes, der Sie betrifft.

Und nun, sehen Sie, werde ich Sie um etwas bitten: Ihnen, als Fremder und dennoch Geliebter, habe ich eine Erinnerung zugedacht. Ich bitte Sie sehr, dieses Geschenk anzunehmen. Es gehört ja längst Ihnen.

Oh, keine Sorge, ich werde Ihnen nicht mein Archiv aufbürden, ich bin weder unhöflich noch größenwahnsinnig. Sie bleiben ein fremder Mensch, Sie schulden mir nichts und sind mir in keiner Weise verpflichtet. Nicht einmal eine Ehefrau oder Kinder wären Adressaten für eine solch unzumutbare Flut. Weder als Wissenschaftler noch als Mensch bin ich bedeutend, also wird mein aufgetürmtes Archiv zu gegebener Zeit sang- und klanglos untergehen. Mein kluger Freund wird sich darum kümmern, einen Container bestellen und wahllos, ohne Durchsicht, die Trümmer meiner Türme in die Müllverbrennung fahren lassen. So habe ich es verfügt.

Sie jedoch sollen die eine Erinnerung besitzen, die zu Ihnen gehört auf eine Weise, die ich nicht zu durchschauen vermag. Es ist nämlich keine schöne Begebenheit, die ich für Sie habe. Wäre sie schön, bedürfte es überhaupt keiner Erklärung. Wenn mein Geschenk an Sie ein Juwel wäre, so wüssten wir beide ganz selbstverständlich, warum es Ihnen gehört. Aber so ist es nicht.

Diese Begebenheit ist ein Dämon.

Meine Freundin ist wieder hereingekommen und steht nun dicht vor mir.

„Das wird ja eine Beichte", sage ich, eigenartigerweise bin ich ganz verwundert und sehe zu ihr hoch. Sie hat die Arme gehoben und dreht ihre Haare im Nacken zu einem Knoten ein.

„Naja, um Schuld geht es schon", sagt sie, „um eine kleine, schäbige Gemeinheit, nichts für den Staatsanwalt oder so." Eine halbe Minute bleibt sie in Gedanken festgefroren, die Hände am Hinterkopf, das Licht der Lampe ist ihr im Rücken, so dass ich ihr Gesicht kaum erkenne. Schließlich greift sie nach der Decke, schlingt sie sich um die Schultern und setzt sich wieder in ihren Sessel. Ich warte, ob sie ihre Füße wie vorhin zu mir herüberstellen wird, und als sie das bemerkt, lächelt sie und hebt die Beine neben mich.

„Gut so?"

Ich nicke.

„Weißt du", fährt sie jetzt fort und wackelt mit den Zehen, „zuerst habe ich gedacht, dass er mir halt schreibt, weil er sonst niemanden hat. Und sich was von der Seele reden will. Aber es ist nicht so einfach. Nicht jeder kann nämlich eine Beichte abnehmen."

„Du bist die Katholikin."

„Das ist eine dumme Bemerkung", sagt sie ärgerlich.

„Stimmt", gebe ich zu, „aber mir kommt es schon sehr so vor, als ob er deine Absolution will. Also, dass du ihm vergibst oder so etwas."

„Oh, natürlich möchte er das. Das ist doch offensichtlich!"

Sie greift wieder zu ihrem Buch.

Mir bleibt das Gefühl, dass da noch mehr wäre. Dass ich an der Oberfläche bleibe und irgendetwas Wesentliches mir entgeht.

Ich sehe auf die Uhr, es ist kurz nach zehn. Ich versuche mich wieder auf den Brief zu konzentrieren.

Eine schäbige Gemeinheit …

Mehrmals bin ich seit dem letzten Absatz aus dem Haus gegangen, mehrmals umgekehrt, wieder an den Schreibtisch getreten und erneut geflüchtet. Nun will ich beginnen, nun stehe ich direkt vor den autobiographischen Enthüllungen, die ich mir vorgenommen habe, auch wenn die Hässlichkeit des Gegenstandes an meiner Entschlossenheit nagt. Ein Leben lang habe ich glänzende Übersetzungen abgeliefert, doch nun sind meine eigenen Sätze ungelenk und reichen nicht aus.

Was Sie erfahren werden, ist tatsächlich geschehen, ein Kindertreiben, das nahezu zwei Generationen zurückliegt.

Nun will ich beginnen.

Ich bin vor langer Zeit aufgewachsen. Wie alt Sie sind, kann ich nicht erkennen, aber ich sehe doch, dass ich fast Ihr Vater sein könnte. Sie müssen wissen, dass ich in einem engen Tal im Odenwald großgeworden bin, in einem sehr typischen Straßendorf mit damals wohl kaum dreihundert Einwohnern. Zwischen dem zerfallenden Fachwerk der Gehöfte stiegen steile Pfade über Wiesen und Weiden und bis in bewaldete Hügel und zu einer Burgruine hinauf. Vor dem Krieg bereits war die Hauptstraße befestigt und mit einem Gehsteig versehen, die Gassen zwischen den Häusern und die Wirtschaftswege jedoch waren lehmig und nur an den steilsten Stellen mit grobem Pflaster gesichert. Im Süden lag der noch heute betriebene Steinbruch, Steine und Kartoffeln gibt es genug, hieß es. Das Leben drehte sich um Granit, Vieh und Holz. Vor den Scheunen saßen alte Männer auf der Milchbank. Da das Dorf inmitten lose verbundener Weiler, Hofgüter und Mühlen lag, hatten auch ein paar Läden und Geschäfte Fuß gefasst, die an der Hauptstraße aufgereiht dicht beieinander lagen: Bäckerei, Metzgerei, die winzige Werkstatt einer Schneiderin, im Erdgeschoss einer Hofreite ein eingemieteter Schuster, ein Krämerladen neben dem Gasthaus. Meist betrat man diese kleinen Ladengeschäfte über drei, vier Treppenstufen, die über den hohen Kellersockel hinaus in das geschindelte Fachwerk führten.

Im Dorfgemeinschaftshaus, das Sie sich idyllisch mit Hirschzungen, Uhrenturm, Brunnen und uralter Linde vorstellen dürfen, hatte man eine Sammelschule eingerichtet. Auf honigfarbenen Dielen und unter niederen Deckenbalken wurden immer zwei Jahrgänge miteinander unterrichtet, jeweils vierzig und mehr Schüler in einem Raum, denn nicht nur wir Dorfkinder, sondern auch die nach dem Krieg sehr zahlreichen Zöglinge aus dem Waisenhaus im Tal unterhalb des Dorfes mussten aufgenommen werden. Nach der Grundschulzeit wechselte man auf eine Realschule in der Kreisstadt, oder, in seltenen Fällen, auf das Gymnasium in Darmstadt. Ich selbst hatte das Glück, einer dieser seltenen Fälle zu sein, nicht aus Verdienst und Begabung, sondern weil mein Vater der Bürgermeister der Landgemeinde war. Da gebot es sich, dass ich Latein und Griechisch lernte und etwas wurde. Und so kam es dann auch, Abitur, Klassische Philologie in Freiburg und dann die Professur hier in Frankfurt. Aber das war später und ist hier auch ganz gleichgültig, denn die Ereignisse, von denen ich Ihnen erzählen muss, fielen in den August vor meinem zehnten Geburtstag, als ich in der vierten Klasse war.

Ich habe mir vorgenommen, weit zurückzudenken. Wie alle Menschen erinnere ich wortlose Gerüche. Wir haben eine olfaktorische Erinnerung, wussten Sie das? Unser Gehirn unterscheidet eine Billionen Nuancen von Geruch, aber nur einen Bruchteil davon vermögen wir zu benennen und mitzuteilen: Es riecht nach Blut, nach Asche, dies ist der Duft einer Rose. Unser unwiederbringlich wertvolles Leben geht durch unendliche Augenblicke, und doch, wie mangelhaft, wie wahllos grob sind die Sprachbrocken, die wir uns gegenseitig vorwerfen in der wahrlich irrsinnigen Hoffnung, der andere werde uns begreifen.

Dabei wünsche ich so sehr, dass Sie begreifen.

Dies ist Erinnerungsgeruch: Der trocken beißende Lehm an heißen Sommertagen, die faulige Süße zermatschter Pflaumen, dahinschießendes Wasser, berauschend die Luft in der ersten Sekunde eines Gewitters, Gras, klebrig kuhwarme Milch, der schmierig-süßliche Gestank von Schweinen in einem dunklen Stall, Heu, Himmel und die eigene Haut am Abend. Überschwang,

Angst, Sorglosigkeit und eine Billionen zerborstene Augenblicke: Mein Arkadien.

Ich besitze aus dieser Zeit keine Photographien und weiß nicht, wie der Knabe aussah, aus dem ich geworden bin. Wahrscheinlich waren meine Haare hellbraun und sehr kurz, sie kitzelten rau, wenn ich mir mit der Hand darüberfuhr. Mein ganzes Leben lang habe ich blaue, nichtssagende Augen. Ich trug die abgelegten Socken meines Vaters. Wenn ich am Morgen meine Füße in die groben Lederhalbschuhe schob, musste ich die Spitze um die Zehen schlagen. Ich war groß für einen noch nicht Zehnjährigen. Nachkriegsdünn. Ich glaube nicht, dass ich mich je in einem Spiegel gesehen habe. Die Unterarme waren im Sommer voller aufgekratzter Insektenstiche. Von meinen Schulkameraden weiß ich fast nichts mehr, die meisten von ihnen waren rasch verblasst. Roland ist mir noch vor Augen, ein hübscher Junge mit einem langen dunkelbraunen Schopf, in dessen Schatten er bei Klassenarbeiten zum Heft seines Nachbarn hinüber schielte; Klaus, der die ihm knielangen Hemden seines gefallenen Vaters auftrug, an den Sonntagen auf der Empore unserer kleinen Kirche den Blasebalg bediente und darüber selbst das Orgelspielen lernte; ein Rothaariger mit Fuchsgesicht; die Söhne des Bauern Olt, kräftige, lärmende Jungen mit schorfigen Händen, als Herren der Metzelsuppe von uns allen sehr umworben. Der brillentragende Manfred fällt mir ein, und Gauzer, sein Schäferhund, den wir, entgegen aller Verbote, in den Wäldern auf Rehe hetzten. Das Sagen aber hatte der Sohn eines Kuhbauern aus dem Oberdorf, Friedel. Er war kleiner als wir alle und zeigte eine bei seiner schmächtigen Statur erschreckende Muskelkraft. Sein runder Schädel war geschoren, das Gesicht so mager, dass sich um den Mund Falten zeigten, in seinen wasserhellen, immerzu beobachtenden und abschätzenden Augen lag eine niemals erlöschende Unruhe. Mit hochgezogenen Schultern lief er durchs Dorf, als lauere in ihm ein Zünder. Ich fürchtete ihn. Sein unberechenbarer Befehlston und seine Angewohnheit, mit spitzen Fäusten ansatzlose Eisbeine zu verteilen, strengten mich an. Und sooft ich auch bei meinen Kameraden ein- und ausging, bei Friedel war ich nicht ein einziges Mal.

Ohnehin gefiel mir die Vorstellung, nicht so ganz dazugehören. Die Lage meines Elternhauses bereits hob mich ab. Es lag oberhalb eines felsigen Hanges in einem Teil des Dorfes, der in vergangenen Zeiten ein freies Hofgut gewesen sein mochte. Mit dem eigentlichen Dorfkörper waren der Hof und die darum geduckten Häuser damals nur durch einen nicht fahrbaren Hohlweg verbunden, steil und düster wie eine Treppe, schon bei trockenem Wetter rutschig und bei Regen trittgefährlich. Diesen beklemmend von Böschung und Bäumen überlehnten Pfad, der im Sommer bis in den Grund kühl und feucht blieb und im Winter eine hervorragende Rodelbahn war, nannten wir die Hohl. Aber nicht nur dieser schwierige Weg trennte mich von den anderen: Bei mir zu Hause wurden Servietten benutzt, beim Essen sprach mein Vater, wenn er wollte, in fast ungefärbtem Hochdeutsch. Und es gab ein WC im Haus. Niemals würde ich mit einem Traktor die schlammigen Pfade hinauffahren, Steine klopfen oder einem soeben geschlachteten Rind den dampfenden Pansen ausheben. Die höhere Schule war mir sicher und eine Zukunft als Arzt oder Richter in der Stadt, fern des Odenwaldes. Ich besaß ein Schachspiel. Ich las. Ich träumte mich in die hellenische Sagenwelt. Doch so sehr ich meinen Dünkel pflegte: Auch meine Eltern konnten in den Wintern nach dem Krieg nicht ordentlich heizen, auch bei uns war es oft so kalt, dass wir beim Essen die zweite Hand in die Tasche steckten. Auch bei uns stand wochenlang nichts anderes auf dem Tisch, als der Topf mit den Gequellten und dazu Salz und Zwiebeln: Warmdunkes am Mittag, Kaltdunkes am Abend.

Im Grunde waren wir also nicht sehr verschieden, und nach der Schule stoben wir in gemeinsame Abenteuer und davon.

Ich erinnere mich an Klickerkriege auf den Gehsteigen, das schwarze Wasser eines Waldteiches, über das wir sorgsam ausgesuchte Steine fletschern ließen; Eimer voller Kaulquappen; im Wald zusammengenagelte Hütten, Festungen und Wallgräben in tiefem Dickicht; die klaftertief bröckelnden Simse der Burgruine über dem Dorf; Geheimbotschaften unter losen Steinen und bittere Gefangenschaft in modrigen Verliesen. So habe ich die Jahre meiner Kindheit verbracht. Mit Freunden, deren Gesichter ich mir heute kaum mehr ins Gedächtnis rufen kann. Seit über sechzig Jahren habe ich sie nicht mehr gesehen.

Mit Ausnahme von Klaus, fällt mir ein. Er, als einziger von uns, war tatsächlich berufen. Vor dreißig Jahren bin ich einmal nach Wien gefahren, um ihn auf der Orgel im Konzerthaus zu hören. Die Größe seines Könnens ging weit über meinen Begriff. Ich unternahm nichts, ihm meinen Besuch anzuzeigen. Gesprochen habe ich nicht mit ihm. Ich fuhr wieder nach Frankfurt zurück – im Gepäck das Wiener Billett - und schichtete meine Türme um.

Und dann war da das Mädchen.

Es war mit seiner Mutter im letzten Kriegsjahr aus Frankfurt geflüchtet, nachdem ihr Haus und ihr ganzes Viertel im Feuersturm untergegangen waren. Vielleicht hatten auch sie gesehen, wie in einer Märznacht die Tiere des Zoos in ihren Gehegen verbrannten. Der Vater jedenfalls war, wie so viele, irgendwo, verschollen, liegengeblieben, vermutlich tot. Mädchen und Mutter waren bei der Familie im Haus neben dem meiner Eltern untergekommen und bewohnten eine Kammer, die weit ab von Herrenzimmer und Küche lag und im Winter bitterkalt gewesen sein muss.

Ohne diese Kammer je betreten zu haben, weiß ich, dass es dort nur ein enges Bett gab, nackte Bretterwände, dass man den Ausgebombten in der Küche nicht mehr als einen Eckplatz an dem mit Wachstuch geschonten Tisch ließ und sie am Samstag meist nur lauwarmes Wasser in der Blechwanne hatten. Der Evakuierten und Heimatlosen waren viele geworden in diesen knappen Jahren, sie waren kaum noch willkommen, schon gar nicht, wenn sie nicht zupacken und nichts herausreißen konnten. Wie die nutzlos elegante Mutter des Mädchens. Diese Mutter sprach die Leute, die sich untereinander nach altem Dorfbrauch duzten, mit Nachnamen an, man hielt das für überhebliche Vornehmtuerei und nannte sie spöttisch „Scheedeesche". Im Morgengrauen sah man sie in engem Kostüm zur Omnibushaltestelle eilen, sie fuhr in die Kreisstadt, um dort einen Beruf auszuüben, der mit ihrem parfümierten Aufzug in irgendeiner Verbindung stand und den ich nicht begriff.

Das Mädchen war etwa so alt wie ich, ein ungelenkes, bebrilltes Wesen in Faltenrock und Sandalen, das die ihm mundartlich hingebrockten Sätze oft falsch auslegte oder gar nicht erfasste. Dennoch war es arglos und zutraulich. Da wir denselben Schulweg hatten, die steile Hohl hinunter bis zur Bäckerei, dann entlang der Hauptstraße über die Brücke, vor der Post über die Straße zum Gemeindehaus hinüber, ging es häufig wenige Schritte vor oder hinter mir her. Es war sehr scheu, es hüpfte vor Verlegenheit. Es bewunderte mich. Einmal schenkte es mir einen Klicker von einem besonderen, sehr dunklen, fast schwarzen Blau, einen echten Admiral. Sein Gesicht glühte, als es ihn mir in die Hand legte. Und gleich sprang es wieder davon. Im Hoppsergalopp, Zahnlücke, knochige Knie, auffliegender Rock. Durchbrochene, weiße Kniestrümpfen. Kichernde Eulenaugen hinter der Brille. Schau, komm, fang mich. Natürlich gingen wir den Weg nicht wirklich gemeinsam. Aber ich bemerkte doch, wie es um mich herum mäanderte, mädchenhaft ziellos gelockt von jeder Blume, jedem Stein, jeder Katze, die sich in seine geflüsterten Spiele nur irgendwie einflechten ließen.

In der Schule saß das Mädchen meist still irgendwo, es wäre unsichtbar gewesen, hätte nicht der Lehrer es hin und wieder aufgerufen, damit wir staunten und lernten. Es schrieb Aufsätze mit Text, Thema und Teilen, konnte

Gedichte mit Betonung aufsagen, und es besaß einen Füllfederhalter. Ich glaube nicht, dass ich bis zu dem Zwischenfall vor der Bäckerei je auch nur einen Gedanken auf das Mädchen gerichtet hatte.

Die nichtige Episode, mit der alles begann, ist rasch skizziert: An einem Hochsommertag nach den Ferien, der Unterricht war gerade vorüber und der Hof bereits leer, saßen Friedel, Roland, Klaus, ich und vermutlich auch die Olts noch im wehenden Schattenspiel der Linde, kühlten unsere Beine im Brunnenstein und hatten keine rechte Lust, nach Hause zu gehen. Vielleicht lief einer los, um für ein paar zusammengelegte Pfennige beim Krämer Brause oder Lakritz zu kaufen, während die anderen vor der Wand des Gemeindehauses herumkickten. Unseren Ball müssen wir jedenfalls dabei gehabt haben, einen kleinen ledernen Prellball, nicht luftgefüllt, sondern schwer um gepresstes Stroh genäht. Es tat ordentlich weh, von diesem Geschoss auf dem nackten Bein getroffen zu werden. Vor Friedels niederträchtig gezielten Schüssen musste man sich besonders hüten. An jenem Tag scheuchte uns schließlich der Lehrer auf, der zu seinem Mittagstisch wollte. Wir setzten unsere Ranzen auf und verbummelten die Straße entlang unseren Heimweg. Friedel und Roland kickten den Ball vor sich her, ich selbst fiel ein wenig zurück und blieb schließlich auf der Brücke in der Dorfmitte stehen, ohne der anderen noch zu achten. Ich liebte das Trödeln und Träumen auf dem Heimweg, und besonders liebte ich diese Brücke. Es war kein mächtiges Bauwerk, nur die schlicht gewölbte Führung der zweispurigen Dorfstraße über den Bach hinweg, der grün glitzernd und plätschernd durch das Dorf ging, unten im Tal weiter anschwoll und dort mehrere Mühlen antrieb. „Die Bach", sagten wir, und mit dem Klang des Dialekts kommt es mir vor, als stünde ich wieder dort auf der Brücke, die Hände auf den warmen, schartigen Steinen der Brüstung ruhend, den gebannten Blick auf dem murmelnden Wasser, das mir zum Fluss anwachsen konnte, wenn ich nur lang genug hinsah, zum

Strom ohne Horizont, zum unter der Sonne mich blendenden, unendlichen Meer.

Unter der Straße, das wusste ich gut, lag der muffige, finstre Bogen des Brückengewölbes, das ich, getrieben von jenem strengen Bedürfnis, ein Mann zu sein, ohne Begleitung der Freunde einmal durchwatet, allein in den fürchterlich halbdunklen Abgrund steigend und über den glitschigen Steinen mich scharfkantig ritzend. Unrat, Schleim und Verwesung kostend mit Ekel und Hunger. Erster! Das blieb ich, und alle Beschwerlichkeit war mir willkommen. Nicht zu vermeidender Schmerz, denn Ruhm hatte ich so gewonnen, selbst gegen Friedel, der niemals dort unten gewandert war. Stolz war ich es gewesen, dem er, fast gedemütigt, nachfolgen musste.

Auf meiner Brücke war Herr ich und König und ferne dem Höllengrund in der Tiefe. Der Schrecken war kühn überwunden. Mit Helm und Schwert, in die Winde gelehnten, gewaltigen Schultern, mich rühmend, kundig des Steuers des Schiffes zu sein und der Kämpfe des Ares, nahm ich von Göttern Gefährt und Gefährten entgegen. Das Meer befuhr ich, in hoher Gestalt auf die knarrenden Bretter geschmiedet, unbesiegt, furchtlos und Kolchis entgegen, das Goldene Vlies mir dort zu gewinnen im prächtigen Kreise der sämtlichen Helden.

Aus meinem Knabentraum fuhr ich auf, als, keine dreißig Meter von mir entfernt, die Scheibe der Bäckerei mit einem Knall zu Bruch ging. Splitter klirrten nach, erschrockenes Rufen, dann wütendes Gekeife. Ich stieß mich von der Brüstung ab, die Straße entlang und dem Lärm entgegen. Der Grund für Schaden und Aufruhr war schnell erraten: Den Ball vor sich her kickend, waren meine Freunde bis vor die Bäckerei gekommen, und gerade dort, vor dem breiten Schaufenster, das noch vor dem Krieg mit wohlhabendem Stolz angebracht worden war, hatten sie in hitzigem Unbedacht die Kontrolle über den Ball verloren. Das Fenster war geborsten, einige Glasstücke hingen als blinkende Damoklesschwerter im Rahmen und drohten in die sommerliche Luft. Just als Roland sich vorbeugte, um nach dem Ball zu greifen, gab der spröde Kitt nach und eine große Scherbe stürzte krachend auf das Pflaster. Die Bäckerin, eine breite, gealterte Frau, stand schreiend direkt daneben. Mit bloßen, speckigen Armen packte sie Roland und schalt mit aller Stimme in sein von Entsetzen und Angst zerrissenes Gesicht hinein. Dabei versetzte sie ihm eine Reihe mächtiger Ohrfeigen. Ob tatsächlich er geschossen hatte, war für die Bäckerin - und für meine Freunde in gleicher Weise - völlig gleichgültig. Mitgefangen, mitgehangen, und die anderen Jungen zuckten bei jedem Schlag, der Roland traf, aus nur zu berechtigter Kameradschaft ebenfalls zusammen. Am Abend würden sie zuhause schon ihr Teil abbekommen, das wussten sie. Deshalb standen sie schreckgelähmt herum, während Roland kindlich und verzweifelt greinte. Atemlos kam ich heran und stellte mich zu ihnen.

Wie mache ich jemandem, der die Strenge einer von Armut geprägten Dorfgemeinschaft nicht kennt, begreiflich, welche Katastrophe dieses zerbrochene Fenster war? Der Schaden war schier unbezahlbar. Nicht nur für uns Kinder, wir hätten ja alle miteinander in einem ganzen Jahr nicht mehr als ein paar Groschen zusammengebracht, auch die Eltern würden nicht oder doch nicht ohne Mühe einstehen können. In diesen Jahren nach dem Kriege war alles knapp, und auch wenn manche Rechnung mit Eiern und Fleisch bezahlt werden konnte: Geld hatte niemand zu viel. Die Eltern würden dem Bäcker schuldig bleiben müssen, eine Schande, um die wir wussten. Ein schlechtes Gewissen musste man uns also nicht erst einreden. Und harte Strafen würden nicht ausbleiben. Das galt fraglos auch für mich, denn selbst wenn mein Vater von Prügel wenig hielt, würde ich an meinem bevorstehenden Geburtstag und an Weihnachten und möglicherweise bis ins nächste Jahr hin alle Wünsche wohl gegen eine Wand sprechen können. Bang sah ich zu, wie Roland seine Dresche bezog. Dabei kam mir nach und nach der Gedanke, ob ich nicht vielleicht doch fein heraus war, weil ich eigentlich, ganz streng genommen, gar nicht mitgetan, den Ball seit dem Schulhof gar nicht mehr berührt hatte. Wäre es nicht möglich, dass der Kummer der anderen mich letztlich doch nicht beträfe? Allein die Aussicht auf Rettung erfüllte mich mit einer so übermächtig beglückenden Erleichterung, dass ich nicht an mich halten konnte. „Ich war an der Bach", entfuhr es mir, laut und froh, als hätte mich jemand eingefragt. Ein Grinsen konnte ich mir nicht verkneifen. Die Bäckerin hielt, ohne Roland loszulassen, inne und starrte mich angewidert an. „Du Oosemensch", sagte sie, mit großem Abscheu, „en Hooseschisser wie de Baba, gej her unn isch hau deer de Oarsch!"

Es war, als hätte ich einen tiefen Fall auf den Rücken getan. Ich glotzte diese hässliche, alte Frau an, und langsam begriff ich, und mir stieg die Hitze ins Gesicht vor Scham und Ärger. Aus den Augenwinkeln schielte ich zu Friedel hin, aber der schien nichts mitzubekommen. Mit konzentriert gerunzelter Stirn blickte er zum oberen Rand des Fensterrahmens hinauf, als lese er dort eine schwierige Rechenaufgabe ab.

Dann fing die Bäckerin an, die Scherben mit ihren geschwollenen Altweiberfüßen zur Seite zu stoßen, blieb aber an den scharfen Kanten hängen und zog Roland schließlich mit dem Befehl, ihr Besen und Schaufel zu holen, hinter sich her in den Laden. Ihr eine Schmähung nachzurufen wagte ich nicht, so gerne ich es getan hätte. Es blieb mir nichts, als ihr erbittert nachzustarren.

In diesen ergrimmten Blick geriet das Mädchen, das sich, ein in Papier eingeschlagenes Kommissbrot vor der Brust, bis zu diesem Moment im Schatten der Tür geduckt still gehalten und alles mitangesehen hatte. Es war von der erbosten Bäckerin zur Seite gefegt worden und stolperte sich jetzt erschrocken bis auf die unterste Stufe der Ladentreppe hinunter.

„Oh weh", sagte es und blieb mit offenem Mund stehen, das Brot an sich gepresst, den Kopf leicht schief.

Seine riesigen Brillenaugen starrten mich an, von allen nur mich. Sein Blick war voller Mitleid und Begreifen, verlegen zeigte es gelbliche Zähne, und in mir wuchs ein plötzlicher, nicht zu bewältigender Zorn, wie ich ihn nie zuvor verspürt hatte, ein Zorn, der mir tief innen die Knochen zum Glühen brachte und sich mir ins Genick legte wie eine Ladung Beton. „Hau bloß ab, du Brillenaas", brüllte ich, und schnell und entschlossen, als wäre dies ein lang abgesprochenes Signal, stürzten wir alle uns auf das Mädchen: „Hau ab, Brillenaas, Heulsuse, Brillenaas." Wundervoll war es, so zu brüllen, ich brüllte und Klaus brüllte, und auch die Olts brüllten, wie ein Rausch war das, der alles erfasste und einebnete. In johlendem Chor fand ich zu meinem Rudel zurück. Friedel, aus seiner Starre fallend, fing an, kreischend zu lachen, mit einem Ruck stand er direkt vor dem Mädchen und riss ihm das Brot aus dem Arm. „Schmeiß, schmeiß", rief ich, tänzelnd, ebenfalls lachend, und hielt ihm die Hände offen entgegen. Und als er mir das Brot zuwarf, durchfuhr mich das Gefühl des Triumphes wie ein heißer Schmerz: Mein feiger Schnitzer war unbemerkt geblieben. Nichts war geschehen. Ich schrie vor Glück.

Ein paar Mal ging das Brot so durch die Lüfte, das Einschlagpapier flatterte auf die Straße und wurde von dem Mädchen zertreten, das sich in sinnloser Weise bemühte, das Brot wieder zu haschen. Jammernd rannte es die wenigen Schritte zwischen Friedel und mir hin und her, mit rutschender Brille und ziellosen Armen immer hinter unsere Würfe zurückfallend, bis es schließlich mit nach innen gedrehten Füßen stehenblieb und stumm zu weinen anfing. Das ofenwarme Brot war gerade bei mir gelandet, ich hielt es vor der Brust, und die Hitze legte sich wohlig und beklemmend dicht um mein Herz. Dies war der Moment der Vergeltung. Viel Phantasie benötigte ich nicht. Den Blick, wie ich meinte vernichtend, auf das nun immer hilflosere Mädchen geheftet, biss ich in den heißen, schwammigen Brotrand hinein, riss eine ganze Kante davon ab und kaute feixend, bis mir der Brei aus den Mundwinkeln quoll.

Ich hatte noch nicht heruntergeschluckt, als Roland, mit Zeitungspapier, Handbesen und Kehrrichtschaufel versehen, zurückkam, die Bäckerin mit klapperndem Blecheimer dicht hinter ihm. Hastig stieß ich dem Mädchen das angegessene Brot in die Arme und schubste es zur Seite. Wahrscheinlich rannte es sogleich davon, ich kann mich nicht erinnern, ihm auch nur nachgesehen zu haben.

Unsere Aufgabe musste, wie unsere Schuld, nicht verhandelt werden. Klaus ließ sich denn auch ohne jede Aufforderung in die Hocke und begann, seufzend und mit unendlicher Vorsicht, die Scherben mit bloßen Fingern aufzulesen, Roland fegte ihm mit der Zeitung entgegen, und ich griff mir den Eimer, um mein Teil zu tun.

Aber noch bevor ich niederknien konnte, trat Friedel dicht, unheimlich dicht neben mich. Mit gesenktem Kopf nahm er mir den Eimer aus der Hand. „Du nicht", sagte er, so leise, dass nur ich es hören konnte, „Du warst doch an der Bach. Nicht wahr? Du nicht."

Mehr war nicht nötig. Er musste mich nicht berühren, nicht einmal ansehen. Ich ging von selbst. Langsam, rückwärts, trat ich aus dem Kreis meiner Freunde heraus. Jeden Schritt verschleppend, hoffte ich, Friedel oder ein anderer möge mich zurückrufen und einlenken. Aber das geschah nicht. Meine Kameraden rutschen auf den Knien und pickten mit blutigen Fingern in den Scherben herum. Wie ein Kaiser stand Friedel hochgereckt über ihnen und starrte mich mit dem Ausdruck größten Triumphes an, ein Lächeln war um seinen papierdürren Mund. Ich begriff: Ich war ihm nicht entgangen.

Damit, mit meinem blinden, niederträchtigen Geschrei und dem geworfenen Brot, hat es angefangen. Was noch kam, geschah zwangsläufig. Wir waren ohne planvolle Absicht. Wir gerieten in etwas hinein, ohne dass wir selbst zu sagen gewusst hätten, wohin es führen sollte.

Nachdem ich am Nachmittag nach der Zerstörung des Bäckereifensters beunruhigt und allein zuhause geblieben war, hielt ich mich am nächsten Tage während und nach der Schule dicht bei Friedel und Roland. Ich trug heiß an meiner Schande, selbst die Brücke konnte mich nicht von ihnen weglocken. An diesem Tag war die Argo vergessen und beiseite geschoben, zumal, so wusste ich selbst nur zu gut, mein Platz auf Jasons Planken ohnehin erst einmal verspielt war. Also wob ich mich in den Pulk der Kameraden, der sich, vom Vortag her gedämpft und ohne Ball, stiller als gewöhnlich die Dorfstraße entlangschob. Ich ließ Friedel immer etwas vor mir gehen, um ihn beobachten zu können. Er hatte bisher nicht wieder mit mir gesprochen, also hielt ich mich abwartend zurück. Ich war so konzentriert auf ihn, dass ich einem der Olts in die Hacken lief, der plötzlich stehengeblieben war und mit leierndem Gesang auf eine Gestalt vor uns wies: „Guckt mal, die Heulsuse!" Und wirklich ging vor uns das Mädchen.

Nach der Begegnung vor dem Bäckerladen am Vortag musste es, das verdorbene Brot vor sich hertragend, rasch nach Hause gegangen sein, verwirrt und vielleicht ebenso ahnungslos gegenüber dem ihr Bevorstehenden wie wir. Vielleicht war es einer aufsteigenden Unruhe mit der Hoffnung darauf begegnet, dass der Zusammenstoß mit uns nichts anderes als ein einmaliges Unglück gewesen sei, das, wie die Zerstörung der Scheibe, nun vorüber war und sich nicht wiederholen würde. Doch so kam es nicht. Sobald das Mädchen am Tag nach dem Unglück wie heraufbeschworen wiederum direkt in unsere Schusslinie geriet, konnten wir nicht widerstehen. Wir alle hatten am Abend zuvor Schelte, Prügel und bittere Vorwürfe kassiert, unser Ball war konfisziert, ich glaube nicht, dass wir ihn vor den Herbstferien zurückbekommen haben. Wir waren daher übel gelaunt und gelangweilt. Ist das Erklärung genug? Ich weiß es nicht. Vieles wäre jedoch nie geschehen, wenn das Mädchen uns nur an diesem einen Tag aus den Augen geblieben wäre. Aber da ging es, keine zehn Meter vor uns, den Spottruf fliehend mit hochgezogenen Schultern und gesenktem Kopf. Und nun schleppte es unsere zunehmend hämische Rotte hinter sich her. „Guckt mal, die Heulsuse." Und ich, ich hob den Kopf wie eine ausgehungerte Hyäne. Mir wurde die Brust froh, ich lachte befreit, ich erkannte die Stunde. Deshalb stieß ich das lauteste Krähen aus, waren meine Rufe die schrillsten, meine Beleidigungen die hemmungslosesten. Entfesselt stoben wir dem Mädchen nach, hatten es eingeholt, ehe es noch begriffen hatte, was wir mit ihm meinten. Wir peitschten es vor uns her mit Schmähworten und roher Überlegenheit, bis wir kurz vor der Hohl lachend an ihm vorüberstürmten. „Brillenaas", höhnte ich zu ihm hin, „Heulsuse, Brillenaas, Heulsuse", immer lauter, immer triumphaler, ich war ganz besoffen davon. Man muss es überall im Ort gehört haben.

Und so ging es auch am nächsten Tage wieder. Der Heimweg und vor uns das Mädchen. Wir johlten, wir stampften, wir grölten. Wir drohten unsere Gegenwart in das Mädchen hinein, sein Hüpfen und Schauen und Spielen gingen unter, während es versuchte, uns zu entkommen. Lächerlich. Es rannte einfach nicht schnell genug, es war den ansteigenden Wegen und unserer geübten Ausdauer nicht gewachsen. Die Hohl war für das Mädchen ein gefährlicher Pfad, wir hingegen kannten jeden Stein, in Dunkelheit und voller Karriere hätten wir sie erstürmen können. Spätestens auf den ersten Metern der Hohl wurde das Mädchen von uns gestellt, eingekreist, niedergebrüllt.

Der dritte Tag, wieder dasselbe. Doch auch wenn wir unsere Rohheit in kurzer Zeit bereits gründlich einstudiert hatten: Noch war nichts in Gang gesetzt, nur angerührt war etwas, nicht mehr, nichts, was nicht ein ruhiges „Ach, lass doch!" gültig wieder aus der Welt geworfen hätte.

Aber das vermochten wir nicht.

Also machten wir weiter. An jedem folgenden Tage. Bis wir alle wussten, dies würde von nun an immer geschehen. Und natürlich wurden wir geschickter und fingen an, uns gegenseitig mit neuen Schimpfwörtern zu überbieten. Bis das Höhnen und Spotten ausgereizt war und wir uns steigerten, indem wir eine Grenze nach der anderen niedertraten. Wir waren um so Vieles überlegen und es war so einfach, das Mädchen abzupassen. Auch wenn es sich versteckte, uns einen Vorsprung ließ, Umwege ging: Immer entdeckten wir es. Selbst wenn es seinen blicklos ratternden Gang beschleunigte, bis jeder Schritt über seine Kräfte ging: Mühelos konnten wir folgen, mühelos von hinten den Ranzen öffnen, in vollem Lauf hineingreifen und alles, was wir darin fanden, herausreißen und verwüsten. Oh, das Mädchen hatte einen hübschen Ranzen aus rotem Schweinsleder, mit einer goldfarbenen Schnalle darauf. Wie gern rissen wir an ihm, wie gerne packten wir Hefte und Bänder und Stifte und warfen alles auf die Straße. Wenn das Mädchen dann weinend und stumm vor Angst seine Siebensachen wieder einsammelte, stießen wir es mit den Füßen.

Schnell und selbstverständlich begriffen wir, was es bedeutet, Macht zu haben. So sehr das Mädchen nämlich versuchte, sich unter unseren Angriffen lautlos wegzuducken, indem es sie einfach über sich ergehen ließ: Es blieb uns nicht verborgen, dass unser Spott ihm nach und nach das Lächeln aus dem Gesicht gerissen hatte. Wir konnten zusehen, wie es sich verformte. Wie sein Hoppsergalopp erlosch, atemlos wurde, wie es sich eilig, immerzu rennend, mit gegen die Welt verfestigendem Körper seinen Weg entlangtrieb, die Arme um die Brust geschlungen, eine hilflos magere Festung. Der Ranzen an den zu langen Riemen schlug bei jedem Schritt gegen die Ellbogen. Das Mädchen lief surrend wie eine Nähmaschine mit gesenktem Kopf vor uns her und hoffte, uns ungeschehen machen, indem es uns übersah. Während wir es genüsslich und allmählich zerstörten.

Wir berauschten uns an dem Zerfall, der sich vor unseren Augen immer lauter und greller abspielte. Aus diesen Tagen erinnere ich die Gestalt des Mädchens als einen sich zu Staub schabenden, matten Klumpen, schmal, sich im Schatten der Wände haltend, von dem Wunsch, unsichtbar zu sein, fast aus dem Körper geworfen. Ich sehe dünne Beine, trappelnde Füßchen in hellblauen, abgewetzten Sandalen, Strümpfe, die auf Vorrat gekauft waren und deshalb bis weit über das Knie gingen, und einen karierten Faltenrock, im Rücken geknöpft und viel zu kurz. Auf all das schlugen wir ein mit Worten und Fäusten.

Und noch etwas fesselte uns, wie ein übler Geruch, der sich erst anschleicht und dann nicht mehr vermieden werden kann. Dieses bebrillte, dürre Mädchen mit den riesigen Schneidezähnen und den mausgrauen, lächerlichen Rattenzöpfen war nicht hübsch, es gab Hübschere, Reifere, es gab Klassenkameradinnen, die bereits erwachsen wirkten, unerreichbar wie Sterne. Später, in den mir entsetzlichen Jahren der Pubertät, lernte ich, dass Schubsen, Stoßen, Boxen und Klapsen von allen anerkannte, unbeholfen männliche Wege sind, mit dem anderen Geschlecht irgendwie in einen körperlichen Kontakt zu kommen. Aber darum ging es uns nicht. Nicht, weil wir zu jung gewesen wären. Das Mädchen zog uns durch etwas unerklärlich anderes an als durch Lieblichkeit, Anmut oder den Wunsch zu gefallen.

Wir kamen nie dahinter.

Das Spiel war in Gang gebracht und ersetzte uns abscheulich den Ball, der eingeschlossen in irgendeinem Keller lag. Ein Spiel, das, wie alle Spiele, immer weiter gesteigert, beschleunigt, bis zum Überdruss ausgekostet werden musste. Wir grölten, heulten, schubsten, kniffen, stießen und schlugen, jeden Tag aufs Neue und jeden Tag uns übertrumpfend. Wir konnten nicht aufhören. Und je mehr der Wille des Mädchens, uns zu entkommen, sich an unserer Überlegenheit erschöpfte, umso lärmender, dichter, bedrohlicher wurde unser Angriff, unausweichlich erhitzten wir uns in einer Weise, die für uns selbst jedoch unaussprechlich blieb. Hätten wir unsere Gedanken ausdrücken müssen, wären wir vielleicht darauf gekommen zu sagen, dass, eben weil das Mädchen so unsagbar viel schwächer sei als wir selbst, seine Schwäche nur durch seine vollständige Vernichtung geheilt werden könne.

Als ich aufsehe bemerke ich, dass meine schöne Freundin ihr Buch zur Seite gelegt hat und mich mit dunklen Augen betrachtet, ich weiß nicht, wie lange schon. Das novemberdürre Blatt ist aus ihrem Schal gefallen. Jedenfalls sehe ich es nicht mehr. Ich setze die Brille ab, und dann sitzen wir einige Minuten da.

Natürlich sind wir so weit nicht gegangen.

Niemand von uns mahnte übrigens jemals an, das Mädchen doch zu schonen. Seltsamerweise kommt mir dieser Ausweg selbst heute nicht als realistisch in den Sinn. Vielleicht hätten wir von ihm abgelassen, wenn wir ein anderes Angriffsziel hätten finden können, die Fürsorgezöglinge etwa. Gezeichnet von unbegreiflicher Verwahrlosung, kamen sie, so ist es mir in der Erinnerung, häufig barfuß zum Unterricht. Sie waren unwillig, unberechenbar und übel beleumundet, man sagte ihnen Dibereien und Vandalismus nach. Jedoch: Sie kamen nie anders als in einer geschlossenen Horde ins Dorf. In ihrer Mitte stand ein sehr großer Junge, blond, gestählt, sonderbar von einem Schicksal umpanzert, von dem man nur raunte: Flucht, Treck, Osten, verschollene Schwestern. Seinen Namen weiß ich noch immer, er hieß Eugen. Wir nannten ihn den Russen, weil, so wurde gemunkelt, er russischen Soldaten mit nichts als einer Reitpeitsche bewaffnet entgegengetreten sei. Sogar geschossen habe man auf ihn. Eine besinnungslos mutige Tat, die das unaussprechbar Schlimme nicht habe verhindern können, denn hernach hätten die Schwestern doch als verschollen gelten müssen. Genaues sagte man uns nicht, wir aber dachten uns schon zurecht, was wir nicht in Erfahrung bringen konnten. Er jedenfalls, Eugen, kann nicht viel älter gewesen sein, als ich selbst, doch er war bereits ein Mann. Nach der Schule

54

arbeitete er beim Oltbauern auf dem Feld oder fuhr Karren im Steinbruch, seine Unterarme zeigten schwere Muskelstränge und darin verknorrt eine fürchterliche, vernarbte Höhlung, von der aus sternenförmig Gräben bis zu Hand und Ellbogen liefen. Er hätte dieses Mal herumzeigen, mit seinen Erlebnissen prahlen können. Doch das tat er nicht, und das war befremdlich und furchteinflößend. Überhaupt sprach er wenig. Er und die Kinder um ihn bewegten sich monolithisch und sprachlos am Rande unseres Alltags. Ein gestrandetes Stück Kriegsgrauen. Instinktiv hielten wir uns von ihnen fern.

Das Mädchen jedoch stand unter niemandes Schutz.

Und wir ließen nicht ab. Je verhuschter, je gleichgültiger gegen uns es wurde, umso dringlicher trieb uns eine hochfiebernde Ungeduld. Wir wurden auf die bisherige Weise nicht mehr so recht satt. Es musste etwas geschehen, mehr, anders, neuartig, unerhört.

Den Rock aufheben. Diese in uns gegeilte Phantasie hatten wir wohl alle. Die meisten von uns kannten den Anblick entblößter weiblicher Körper, hatten Schwestern, Tanten, gebadet wurde in großen, unverschlossenen Stuben, und mancher mag einer hübschen Nachbarin oder der schönen Mutter eines Freundes nachgeträumt haben. Erfahren waren wir nicht, aber wir spielten damit, wie es wäre, es zu sein. Und so war es kein reiner Zufall und doch ein absichtsloses Versehen, dass bei dem Schubsen und Höhnen jemandes Hand sich im karierten Rock des Mädchens verfing und, gewohnt, an Ledergürteln und Doppelnähten zu zerren, den Stoff allzu heftig packte, so dass der lose sitzende Bund um den schmächtigen Leib sich verdrehte, Taschen und Falten sich bauschten, der nach vorne gerutschte geknöpfte Schlitz aufklaffte und der weiße Schlüpfer darunter sichtbar wurde. Als hätten wir ihm eine Zwergenkappe heruntergerissen, war das Mädchen mit diesem einen Schlage entblößt. Nackt, fiel mir ein, auch die anderen dachten dieses Wort, ich konnte es an ihren Gesichtern ablesen, in denen die gleiche gerade noch gehaltene Gier stand, die auch in meinem deutlich gewesen sein musste. Wir alle, auch das Mädchen, begriffen sofort. Hier war, von uns nicht herbeigeführt, aber unbestreitbar, ein Sturz in die rätselvolle Welt der Erwachsenen und des Viehs getan. Wir alle spürten einen Kitzel, wir waren erregt und keuchten und wussten nicht weiter. Bis irgendjemand rief: „Du Sau!", und wir auflachten und davonrannten.

Meine gesamte Phantasie, meine ganze Lebenserfahrung reicht nicht aus mir vorzustellen, wie das Mädchen diesen Nachmittag verbracht haben mag. Ich selbst jedenfalls hatte den Vorfall ebenso rasch vergessen, wie er geschehen war. Bis zu ihrem blutigen Ende blieb die Drangsalierung des Mädchens letztlich ein Intermezzo auf dem Heimweg, nichtig, sobald ich mit meiner Mutter zu Tisch saß. Vermutlich aß ich also an diesem Tag mit Appetit, schwänzte die Hausaufgaben und verbrachte den Nachmittag bis zum Einbruch der Dunkelheit in den Wäldern, wo wir unsere Höhlen hatten. Unsere Welt war unendlich. Ihre Grenzen wurden durch magische Tore bezeichnet, die zwar uns, nicht aber den Ereignissen des Dorfes offenstanden. Der Vorfall mit der Fensterscheibe war in den Wäldern kein Thema, wie das Mädchen nie ein Thema unserer Gespräche dort werden sollte. Sie müssen sich nicht vorstellen, dass wir heckend dasaßen. In unseren Kriegen kam das Mädchen nicht vor, kaum, dass wir seinen Namen hätten dahersagen können, es interessierte uns einfach nicht. Es hat unsere Welt nie betreten. Mochte es mit seinem verdrehten Rock, den von der Mutter liebevoll in durchbrochene Kniestrümpfe gehüllten Beinen, den hellblauen Ledersandalen, reglos, festgeschlagen wie mit Nägeln stehengeblieben sein, wo wir es hatten stehen lassen: Wir vergaßen es, bis wir am nächsten Tag nach der Schule seine schmale, entsetzlich hoffnungslos von uns wegschnurrende Gestalt wiedersahen. Der rote Ranzen, der Rock wie am Vortag. Die Knie im Gehen gegeneinandergepresst, als halte es mühsam das Wasser. Erst dann fiel es uns wieder ein. Es war etwas in seinem Gang, darin war alles eingegraben. Es trug ein Mal. Es selbst, das Mädchen, nicht wir, wusste, was geschehen würde. Und es geschah.

Wie oft, weiß ich nicht. Es wiederholte sich: Abpassen auf dem Heimweg, Nachstellen, Rock aufheben, ein wenig säuisches Gefühl und atemloses Hinstürzen zum Mittagstisch.

Später dann, weit entfernt von alledem und schön, geschahen den ganzen Sommer über Abende, von denen ich dieses Bild habe: Wir rennen, von den Wäldern kommend, hügelab durch aufsteigende Kühle, Heu und Dornen, wir leben, wir leben, kein Zaun kann uns halten, am Stacheldraht zerreißen wir uns die Haut. Wir stürmen über ungemäht blühende Wiesen, mit in den Nacken geworfenen Köpfen, wiehernd, prustend, uneinholbar und kraftvoll wie junge Pferde. Junge Pferde!

Am Tag darauf, nach der Schule aber verfolgten wir wieder das Mädchen. In der notwendigen Steigerung wurden auch die neuen Quälereien immer ungestümer. Mit jedem neuen Tag legten wir an Grobheit und Abscheulichkeit zu. Meine Hand war bald ohne jedes Zögern zielgerichtet, wenn meine Finger an der glatten Haut des Mädchens entlang nach dem Gummiband des Schlüpfers griffen, ein oder zwei Mal vielleicht wirklich nur, um von Friedel dabei gesehen zu werden. Aber die Scharte, die ich auszuwetzen hatte, war ohnehin bereits vergessen, und meine Hand griff längst schon ganz anders zu. Sie tat nicht mehr nur so, als ob, sie gab nicht Ruhe, bis der Schlüpfer den Oberschenkel hinuntergezerrt und das Fleisch betastet war. Wir gaben keine Ruhe. Wir packten das Mädchen am Ranzen, in dessen Schulterriemen es hing wie in einer raffinierten Fesselung, griffen unter den Rock und zerrten und stoben dann immer plötzlich davon und ließen es auf der Straße zurück. Wir waren Marodeure. Wir steigerten unser Tun, indem wir die Tat für uns genussvoll vorbereiteten. Ohne uns abzusprechen, verfielen wir darauf, dem Mädchen erst eine Weile mit geräuschvollen Ankündigungen unserer Gegenwart und Absichten nachzugehen, über Minuten zuzusehen, wie es unter dem, was noch gar nicht geschehen war, unweigerlich aber gleich geschehen würde, zusammensank und in seinen gepressten Gang verfiel. Mir gefiel diese Jagd, mir gefiel das Lauern, besonders die Antäuschung von Gleichgültigkeit und Desinteresse, wenn wir das Mädchen überholten und links liegenließen, als hätten wir es vergessen. Mir schlug das Herz bei dem Gedanken, dass es für einige wenige kostbare Augenblicke sich der Hoffnung hingeben mochte, wir würden endlich, endlich von ihm ablassen. Unsagbar wohlig war mir die Spannung, vor ihm herzugehen, pfeifend und trügerisch und doch zu wissen, dass ich mich gleich zu ihm herumwerfen und mich mit den anderen in die noch frische, zaghafte Hoffnung hineindrängen würde. Und als ließe ich mich von einem hohen Berge atemberaubend einen Hang hinunterfallen, stürzte ich schließlich auf das Mädchen zu mit dem wilden Schrei: „Höschen runter! Höschen runter!“

Einmal begann das Mädchen während unseres Angriffs ganz unvermutet zu schreien. Dieser Schrei war schrill, an niemanden gerichtet, wortlos, ohne Flehen, ohne jede Botschaft. Das Mädchen stand, ohnmächtig unseren sinnlos drängenden, bösartig greifenden, suchenden, reißenden Händen preisgegeben, mit durchgedrückten Knien, zusammengepressten Augen, die Riemen des Ranzens umklammernd, und schrie mit greller, wahnsinniger, gekippter Stimme, es schrie, ununterbrochen von jedem Nachlassen, Absinken oder Einatmen, in einem fort, als käme der Schrei gar nicht aus der Kehle dieses gemarterten Kindes, sondern aus der Hölle selbst. Im ersten Moment, weiß ich, hörte ich verblüfft auf diesen neuen, fremden Ton. Ein nur kurzes Innehalten, denn ich glaube nicht, dass wir uns sonderlich erschraken. Wir sahen uns an und lachten. Die ohnmächtige Wut hinter diesem Schrei war so lächerlich und zwecklos wie die bemüht ausgesuchte Brille und die immer wieder weißgewaschenen Strümpfe. Sie schreckte

58

uns nicht ab, und sie wurde auch von keinem anderen beachtet.

Dabei waren wir auf dem Heimweg um diese Zeit keineswegs allein auf der Straße. Es gab kaum Autos, nur ein paar wenige Lastwagen vom Steinbruch, damals überwogen die Menschen, die zu Fuß unterwegs waren, am Tage zumeist Frauen, die Gänge zu erledigen hatten, zur Bäckerei, zum Metzger, zur Schneiderin, zum Tabakhändler oder zu dem Krämerladen, in dem es von Schnürriemen bis zu Skatkarten alles gab. Im Sommer standen die Türen all dieser Läden und Geschäfte weit offen, Fliegen und Geschwätz lagen in der Luft, nichts, was auf der Straße geschah, konnte verborgen werden. Alltäglich führten die Bauern Vieh durch den Ort, die Kühe, die zum Melken in den Stall geholt wurden, ein Schwein zum Schlachter, ein blindes Pferd, an das ich mich erinnere, weil ich es als kleines Kind oft besucht und in dessen milchig schöne Augen ich voller Mitleid geblickt hatte. Stunden hatte ich in seinem düsteren Stall verbracht, mit wehem Herzen und immerzu wiederholtem Grauen. Denn mich verstörte das Wissen, dass, so gut ich mich selbst in dem gewölbten Rund seines Auges erkannte, das Tier von seiner Seite aus mich nicht erschauen konnte. Dass es hinter der uns trennenden Scheibe des Auges in seiner tiefen Dunkelheit rätselhaft gefangen war.

Verzeihen Sie, ich schwadroniere.

Das Pferd ist natürlich ohne Bedeutung.

Und doch: Alles ist mit allem verbunden. Alles muss mit allem verbunden sein.

Das Mädchen schrie nur dieses eine Mal.

Heute wünschte ich, dieser hohe, entsetzliche Schrei hätte ausgereicht, uns Einhalt zu gebieten. Heute beginnt mein über sechs Jahrzehnte hinweg aufgeschrecktes Herz schmerzhaft zu rasen und meine Beine zucken, als müsste ich losstürzen, zu ihm hin oder von ihm weg, ganz gleichgültig, nur etwas tun, nur diesem Schrei ein Ende setzen, der nicht zu ertragen ist. Ich musste ein alter Mann werden, um seine unirdische Verzweiflung erfassen zu können. Damals war er nichts als ein erstaunliches Geräusch.

Mancher sah uns. Niemand hinderte uns. Wir konnten weitermachen, und wir machten weiter. Wie mir heute scheint, einen ganzen Sommer lang.

Mir sinken die Hände auf die Knie. Ich drehe mich von der Lampe und meiner schönen Freundin fort, für einen Moment will ich mein Gesicht im Schatten haben. Ich sehe die glühenden Schalen vor dem Fenster. Und dahinter die Herbstnacht. Im Haus gegenüber haben die Nachbarn sich hinter Vorhängen und Rollläden verborgen. Sie sperren uns aus ihrem Leben aus, denke ich, oder sie sperren uns in unserem Leben ein. Mir ist das Atmen so eng.

„Warum schreibt er dir das?", frage ich meine Freundin, und für einen Moment schließe ich die Augen.

„Weil es in der Welt ist", sagt sie, und ich lehne mich in ihre dunkle, kraftvolle Stimme. „Weil es in der Welt ist."

„**H**öschen runter, Höschen runter." Was dachten wir? Es kitzelte uns, ja, das tat es, und ein verzerrtes Echo dieses Kitzels war in mir, als ich, spät, selbst gemessen an meiner Generation spät, erste Erfahrungen machte. Dann mochte ich das irgendeiner, deren Lächeln ich gekauft hatte, ins Ohr flüstern: „Zieh dein Höschen runter", und das erregte mich zuverlässig und tief, mit jeder Lust übte ich mir den Satz ein, von dessen Herkunft ich nichts mehr wusste und dessen berauschende Wirkung verblasste. Auch im Spiel mit den Frauen, die sich in mich verliebt hatten - was nicht oft geschah, aber auch mir manchmal - war dieser Zauberspruch da, so wenig ich es dann wagte, ihn laut auszusprechen. Soviel ahnte ich, dass hier etwas in mich eingegraben war, das zu teilen ich nur gegen Geld verlangen konnte. Hatte ich nichts bezahlt, schloss ich die Augen und stellte es mir lautlos trunken nur vor, diesen Satz zu sagen. Das genügte immer: Die schiere

Vorstellung steigerte meinen Genuss so sehr, dass ich leidenschaftlich genannt wurde und mich selbst in manchen Stunden für brennend hielt.

Zumindest, als ich noch jung war. Da war alles leicht. Ich bezahlte, ich überredete mich, dem Gegaukele einer gekauften Frau zu glauben, als hätte ich nicht kaum zwei Minuten zuvor Geld hingereicht. Als hätte ich etwas anderes gekauft als den Anblick ihres Lächelns, ihrer Haut, die Verfügung über ihre Körperhöhle, den Anschein ihrer Lust. Und die Geliebten, die ich nie lange hielt, waren austauschbar wie die Huren und wurden am Ende ganz gegen Huren ausgetauscht.

Wenn man jung ist, ist all dies echt, man stürzt sich in die Frau hinein, mehr will man nicht wissen, und man meint, mehr auch nicht zu brauchen. Und dann, mit einem Mal, war ich allein mit einem Bündel abgeschmackter Erfahrungen und hatte den Mut nicht mehr, noch einmal von vorne zu beginnen.

Schatten, Verknüpfungen, ich weiß, wie trivial das ist. Wir alle sind irgendeiner Kindheit entkommen.

Nicht wahr?

Nun, Friedel, Roland, die Olts, Klaus und ich trieben unser Spiel auf der Dorfstraße ungehindert fort. Den ganzen Sommer über, habe ich gesagt, aber natürlich nicht ohne Nachlassen. Nach einer gewissen Zeit, vielleicht schon nach einer Woche, kamen uns andere Dinge in den Sinn, und wir fielen nicht mehr jeden Tag über das Mädchen her. Es entstanden Lücken, Atempausen. Fast unmerklich steuerte unser Spiel auf jenen toten Punkt zu, an welchem ein noch eben unstillbares Vergnügen ganz plötzlich in Langeweile umschlägt. Vielleicht wäre die Sache in nicht allzu ferner Zukunft von selbst versandet. Aber dazu kam es nicht mehr.

An den Dienstagen saß ein altes Weib aus dem Dorfe in der Schule, um die Mädchen im Nähen und Stricken zu unterweisen, während wir Jungen in einer eigens dafür eingerichteten kleinen Werkstatt sägten und schnitzten und mit Meißel und Hobel zu arbeiten lernten. Die für den Handarbeitsunterricht benötigten Utensilien trug das Mädchen in einer kleinen Manne über dem Arm. Sie können nicht wissen, was eine Manne ist. Nein, Sie werden das Wort nicht kennen, das aus dem Französischen in den Odenwald geweht ist, dem fernen Keltischen: die Mande, die Bende, das Band, das Rund, der Kreis, der Pferch der Illyrer, die Mandala im alten Indien, der gewundene Korb aus Weiden. An diesem Wort entlang trug das Mädchen die ganze Menschheitsgeschichte durch das Dorf.

Der Tag, an dem wir das Mädchen zum letzten Male quälten, war ein solcher Dienstag. Die Luft war heiß. Auf dem Heimweg umkreisten uns glänzende Schmeißfliegen. Wir schwitzten. Die Straße war mit rotem Staub bedeckt. Das Mädchen ging, die Manne vor dem Bauch, schleppend die Straße entlang. Wir folgten. Auf Höhe der Bachbrücke blieb es schließlich stehen. Es wandte sich zu uns um und sah uns entgegen. Als wir es dann packten und ihm unter den Rock gingen, blieb es ungerührt. Als hätte es uns erwartet und sähe nun aus großer Höhe zu. Seine Kälte hätte mir auffallen können. Aber ich war zu dumm und zu gemein, ich vermochte das Wesentliche nicht zu erkennen. Ich meinte noch immer, wir spielten ein Spiel. Ohne nachzudenken, mit der gleichen, rohen Bewegung wie immer, riss ich den Mädchenschlüpfer nach unten. Ich geriet dabei in eine unbeholfen kniende Haltung und starrte auf irgendetwas, vielleicht meine Hände. Bis ein unerwarteter Schatten dicht über mir meinen Blick nach oben riss.

Mit dem Kopf im Nacken sah ich, wie das Mädchen sein Strickzeug aus dem Korb nahm und eine Nadel aus der Arbeit zog, besonnen und exakt, als wäre dies eine Hausaufgabe. Irgendetwas an der Bewegung war mir unheimlich. Vielleicht die betonte Langsamkeit, mit der sie sich dramatisch fortsetzte, indem die Nadel und die Hand des Mädchens sich hoben, über dem Korb schwebten, nicht innehielten und noch weiter hoben. Bis ich plötzlich begriff, dass, was mich irritierte, die Weise war, in der das Mädchens die stählerne Stricknadel umfasste.

Es hielt sie wie eine Waffe.

Noch hatten die anderen nichts bemerkt, noch zerrten die Olts an dem roten Ranzen und Friedel spuckte und Roland trat auf ausgestreuten Heften herum. Für einen Moment war mir, als schimmere in der hellen Sonne über ihren Köpfen die blanke Klinge eines Schwertes. Bedrohlich hoch war die Hand des Mädchens. Ich ließ den Schlüpfer los, wollte warnen, aufstehen, aber ich verlor das Gleichgewicht und schürfte mit dem Knie über das Pflaster. Schreien konnte ich nicht mehr.

Es wird ihn töten, wusste ich, es wird Friedel töten.

Und dann geschah es: Das Mädchen warf knapp und mit geübter Entschlossenheit die Hand herab.

Wir alle erstarrten.

Der mit großer Kraft geführte Hieb hatte Friedels Oberarm durchstoßen, die Spitze der Nadel hatte dabei den Knochen verfehlt und war geschmeidig auf der anderen Seite des Fleisches wieder ausgetreten, um dort, direkt vor meinen Augen, blutig in die Luft zu blecken.

Niemand atmete. Als reglos stumme Laokoon-Gruppe figurierten wir in wattiger Stille auf dem Bordstein, während aus Friedels Arm Blut hervorquoll. Nicht viel, nicht stetig. Aber einige Tropfen rannen doch über die metallene Spitze hinweg zur Erde. Die zarte Mädchenhand barg das obere Ende der Nadel, dahinter ragte aufstrebend ein spitziger Ellbogen in den blendenden Himmel. Über mir stand entsetzlich das Haupt des Mädchens. Ich konnte nicht anders, ich musste hinsehen. Lose Haarsträhnen wanden sich in die Sonne wie Schlangen. Weit aufgerissene Kiefer entstellten ein einst vertrautes Gesicht. Tränen liefen darüber hin. Und in mich sickerte das Grauen. Für einen kurzen Moment, zum ersten und vielleicht einzigen Male begriff ich die Unerbittlichkeit des Daseins. Das Mädchen, das wir gekannt hatten, war nicht mehr da. Die Eulenaugen, das Spiel mit der Katze, die Sandalen - fort, verschollen, nur eine grauenvolle Fratze blieb, statuenhaft, entsetzlich. Und das Mädchen wusste es. Genau wie ich wusste es, dass es verdammt war. Und weil wir beide es wussten, war ich es, den seine stierenden, alten Augen suchten.

Als sein Blick mich traf, erstarrte ich zu Stein.

Zeit verging. Ohne Leben und Gedanken kauerte ich im Blick des Ungeheuers. Und ich begriff.

Dann, plötzlich, brüllte Friedel auf. Der Augenblick war vorüber. Ich schnappte nach Atem. Der Bach plätscherte wieder, Fliegen klebten in der heißen Luft, vom Schulgebäude her hallte das übliche Kreischen der anderen Kinder, ein Traktor rasselte die Straße entlang. Wie gestoßen taumelte Roland von uns weg und rannte davon, die Olts stoben in die entgegengesetzte Richtung. Nur Friedel, aufgespickt wie ein Insekt im Sammelkasten, das Mädchen und ich blieben zurück. Beim Anblick des durchbohrten Arms wurde mir schlecht. Fröstelnd sah ich, wie das Mädchen die Nadel herauszog. Das Metall zeigte rote Schlieren, und ich meinte ein leises Schmatzen aus der Wunde zu hören. Galle stieg in mir hoch.

Geistblass und mit hochgefletschten Lippen starrte Friedel auf sein Blut, während das Mädchen ein Taschentuch mit Spucke benetzte und die Nadel zu säubern begann. Dies geschah mit der gleichen hausfraulichen Sachlichkeit, mit der unsere Mütter unsere Unterhosen wuschen. Es würgte mich. Friedel zischte irgendetwas, dann stürzte er unvermittelt fort, Roland nach dem Hof der Eltern zu.

Das Mädchen schenkte ihm und auch mir keinerlei Beachtung mehr. Es verwahrte die Nadel im Korb, zog den Schlüpfer unter den Rock und klaubte die verdreckten Hefte aus dem Staub. Jeder Handgriff war zielgerichtet und alltäglich. Schließlich nahm es die Manne über den Arm, drehte sich auf dem Trottoir und eilte mit unverändert surrenden Schritten davon, den Kopf tief gesenkt, angestrengt, als habe es eine schwere Pflicht erfüllt.

Ich sah ihm nach. Noch immer saß ich auf dem sommerheißen Pflaster. Neben mir hatte Friedels Blut sich mit dem Straßendreck zu pfennigkleinen Küchlein verbacken. Die Fliegen saugten bereits daran. Eine ganze Weile lang betrachtete ich ihre blaugrün schillernden Flügel.

Dann ging ich heim.

Nichts war mir der Rede wert.

Später, nach dem Essen, durchstürmten wir die Gräben unserer Festungen in den Wäldern und vergaßen bereits. So wenig wir zuvor über das Mädchen gesprochen hatten, so wenig taten wir es jetzt. Nicht untereinander, nicht mit den Eltern, weder an diesem Dienstag noch irgendwann. Friedels Verletzung blieb eine Lappalie, dergleichen war man gewohnt. Eine Woche lang trug er den Arm in einer Schlinge, das war alles.

Das Mädchen aber ließen wir von da an in Ruhe. Einmütig und ohne jede Verabredung. Wir hörten einfach auf. Nicht etwa, weil wir eingesehen hätten, dass wir zu weit gegangen waren. Wir blieben Barbaren. Wir verloren irgendwie die Lust. Zumindest glaube ich das von den anderen. Ja, ich glaube, dass die anderen einfach die Lust verloren. Nicht mehr. Nichts anderes. Das denke ich jedenfalls heute.

Und ich? Was ging in mir vor, als ich auf dem Pflaster hockte und auf die Blutpfennige im Staub starrte, mit leichtem Schwindel im Nacken und einem aufgeschürften Knie? Der helle Moment war so rasch vorüber. Geschah mir denn eine Veränderung? Eine Besserung? Mir war speiübel, das weiß ich noch. Es wäre mir lieb, wenn ich von Läuterung berichten könnte. Aber ich blieb jämmerlich und stumpf, wie die anderen, vielleicht eine halbe Minute lang überschattet von einer vagen Furcht. Aber selbst die verflog. Ich erinnere mich gut daran, was mich auf dem Heimweg beschäftigte: Dass im Werkunterricht das von mir geschnitzte Schiff besonders gelobt worden war. Als ich heimkam, standen Rühreier auf dem Tisch. Ich aß mit großem Appetit.

Sonst nichts.

Der Sommer ging zu Ende. Wir saßen in dem knarrenden Klassenzimmer. Wir durchtobten die Wälder. Anfang September feierte ich meinen zehnten Geburtstag. Ganz unverhofft und trotz des Bäckereifensters erhielt ich ein eigenes Fahrrad.

Von den Fahrten den Berg hinauf ins Nachbartal, den pfeifend schnellen Jagden die Feldwege und Straßen hinab habe ich die deutliche Erinnerung, immer allein gewesen zu sein.

„Damals", sagt meine schöne Freundin, „im Liebieghaus, vor dieser Figur, hatte er mich ertappt."

Verwirrt sehe ich auf.

Erst weiß ich gar nicht, wovon sie spricht. Ich war gerade ganz versunken. Dann fällt es mir wieder ein.

Der Ostersonntag. Die Venus.

„Ich war zornig", fährt meine Freundin fort, „oh, ich war so zornig! Warum ich? Warum, wenn es mir doch so schwer fällt? Diese dunklen Stunden, das hört nie ganz auf. Und dann kämpfe ich, gegen Gott und die Welt und mich selbst. Gegen diese furchtbaren Gedanken. Die Verbitterung. Gegen dich. Auch immer gegen dich. Mein Leben lang geht das, ganz gleich, wie weit ich sonst gekommen bin." Ihre Lippen zittern. „Und ich bin unendlich weit gekommen. So unendlich weit."

„Ich glaube", flüstere ich, „ich verstehe dich nicht."

„Das ist es ja eben. Das kannst du gar nicht. Weißt du, wie lange ich gebraucht habe, um das zu erkennen? Dass du es gar nicht verstehen kannst? Wie trivial. Und was für eine Aufgabe!"

Sie holt tief Luft und sieht mich ratlos an. „Erinnerst du dich an die Milchkrüge von heute Mittag?"

Ich nicke, ja, natürlich erinnere ich mich.

„Du hast gesagt, wir müssten mit unseren Erzählungen wohl immer wieder von vorn anfangen. Obwohl wir nie ankommen. Wäre das nicht sehr tapfer? Ich will ja gerne tapfer sein und es immer wieder versuchen. Wobei: Ich mag diese Venus einfach nicht. Seit der Antike schleppen wir uns mit dieser Nackten ab, dabei steht sie da, als müsste sie aufs Klo. Eine von gierigen Blicken eingekerkerte Frau. Und trotzdem, ich bin ja keine Außerirdische, natürlich ist sie schön. Ich mag sie nur nicht. Und damals, im Liebieghaus, bin ich fast gestorben, weil ich nie so – so unbeschädigt war. Ich habe ja doch keine Wahl, ich muss schief dastehen. Wenn ich gehe, erschrecke ich die Leute, viele halten mich für debil, mens sana und so. Meine Kindheitserinnerungen sind voller Hohn. Weißt du, ich denke ja nicht oft daran, das ist es gar nicht, dass ich jeden Tag die Hinkebeingesänge im Kopf hätte oder die Sportstundenstunden auf der Ersatzbank, so etwas, irgendwann ist das wirklich lange her. Und all das Viele, Gute, Großartige seither. Ich liebe die Welt. Aber ich habe eben diese Kindheitserinnerungen und keine anderen. Das ist es. Die Ersatzbank habe ich überlebt, aber dass ich nie das geschmeidige junge Mädchen mit dem Pferdeschwanz war, das den Körper in die Luft wirft mit dieser Wonne, dieser Wonne, dieser Wonne, die ich den Gesichtern der anderen abgelesen habe - daran bin ich tausendmal gestorben. Und ich weiß genau, dass du, wenn wir spazieren gehen, gerne dicht neben mir gehen würdest, so, mit dem Arm um mich herum, und ich lehne meinen Kopf an deine Schulter, und wir flüstern. Ach."

Sie weint.

„Ja, ich würde gerne einmal so mit dir gehen", sage ich, nach einer ganzen Weile. „Aber es muss nicht am Ende alles gut werden."

„Nein", antwortet sie, „das muss es wohl nicht."

Wir schweigen.

Wir wissen wohl beide nicht so recht weiter.

„Wenn man anders ist, ist man fremd", nimmt meine Freundin den Faden langsam wieder auf, „und man ist immer allein. Es ist eine Mauer da, eine Wand, man kann sich nicht verständlich machen, das ist ganz furchtbar. Am

Ende denkt man womöglich, die anderen wären feindselig. Weil man ihre Sprache nicht versteht, und umgekehrt wird man von ihnen auch nicht verstanden. Wie bei Tauben. Mir hat einmal jemand erzählt, dass Blinde sich gut zurechtfinden können, weil sie ihren Glauben an die Menschen nicht verlieren. Man kann sie nicht hintergehen, sozusagen. Taube aber werden fast immer paranoid, weil sie so leicht getäuscht werden können. Weil das Auge so leicht getäuscht werden kann. Sie hören ja nicht, was man hinter ihrem Rücken spricht. Manchmal bin ich genauso. Misstrauisch. Böse wie ein Kettenhund. Weißt du, ich glaube, dass der alte Zausel dich gar nicht übersehen hat, jedenfalls nicht so, wie du dir das denkst. Oder wie er sich das denkt. Phyllis! Ein Schiff wird kommen. Glück, Feuerwerk und Süßspeisen. Der Traum meiner Großmutter. Trotzdem, er hat diese Mauer wahrgenommen, irgendwie. Er kennt sie ja, er kennt sie gut. Deshalb hat er mir diesen ganzen Brief geschrieben."

„Wir vermögen einander zu retten, denn wir unterscheiden uns nicht?"

„Diesen Satz hast du dir behalten?", fragt sie.

„Ja. Und ich glaube, dass er sich irrt."

„Oh", ruft sie, „allerdings, er irrt sich. Ja, er irrt sich sogar sehr."

Ich senke meinen Blick wieder auf den Brief.

Noch ein paar wenige Seiten.

Nun ist es geschrieben. Anlass. Tat. Geständnis. Auf einmal scheint mir all das banal. Kein bittrer Verrat, keine Toten, kein noch so entfernter weltgeschichtlicher Schlagschatten. Kein großes Schuldigsein. Nur eine nebensächliche Gemeinheit.

Und doch, ich weiß es, Sie verstehen.

Meine abgedroschene Erzählung ist noch nicht ganz zu Ende. Eine Scherbe fehlt noch, ein letztes Aufeinandertreffen mit dem Mädchen, sehr viel später, an irgendeinem Tage nach den Herbstferien.

Ich hatte meine Hausaufgaben nicht gemacht. Das war für sich genommen nicht weiter bemerkenswert, denn ich war am Ende der Grundschule ein nachlässiger, gelangweilter Schüler. Allerdings hatte der Lehrer mir wohl diesmal sehr deutlich gedroht, denn gerade an diesem Tage hätte ich keinesfalls ohne Hausaufgaben in den Unterricht kommen dürfen. Nun, ich hatte sie nicht, ich musste abschreiben. Meine Freunde konnte ich auf dem Schulhof nicht entdecken, die Zeit drängte. Da fiel mir das Mädchen ins Auge, das in allen Fächern so gute Mädchen.

Ich weiß heute natürlich nicht mehr, um welche Art Aufgabe es überhaupt ging. Ich erinnere mich jedoch, wie ich auf das Mädchen zulaufe, keine fünf Minuten vor dem Läuten. Es steht unter der Linde. Ich sehe, als läge eine Photographie vor mir, den grauen Stamm des Baumes, die hellen Stellen, an denen neue Borke durchschimmert, herbstgelbe Blätter auf dem Schulhofpflaster, von irgendwoher fällt Sonne ein, goldenes Licht umfasst die schmale Gestalt des Mädchens. Es trägt eine Strickjacke aus ungefärbter Wolle, viel zu groß, sie reicht ihm bis zu den Knien. Darunter der dunkle Rand eines Rockes, graue Strümpfe und halbhohe Stiefel, schäbig, abgetragen, von irgendwelchen Nachbarn erborgt, der rechte mit Küchenschnur gebunden. Der rote Ranzen steht auf dem Boden. In den Händen des Mädchens liegt ein riesiger Strauß sonnengelber Lindenblätter.

Es schaut auf diese Blätter hinunter. Deshalb sehe ich sein Gesicht nicht, nur den von strengen Zöpfen weiß gezerrten Scheitel. Ich fordere sein Heft. Ich grüße nicht, bitte auch nicht, mir kommt gar nicht in den Sinn, dass das Mädchen etwas anderes tun könnte, als dienstwillig mich das abschreiben zu lassen, was mir fehlt. Die Schulglocke sitzt mir im Nacken. Ich dränge, was ich für mein Recht halte, denn ich sehe, dass der Lehrer bereits über den Hof kommt.

Was jetzt geschieht, ist furchtbar. Das Mädchen hebt den Kopf und sieht mich an, nur das. Es blinzelt nicht einmal. Und mit meiner ganzen dreisten Eile pralle ich gegen den Ausdruck auf ihrem Gesicht wie gegen eine Wand. Ich kann nicht einmal zurückweichen. Ein Ausdruck, den ich zuvor vielleicht nur bei Eugen einmal gesehen habe. Eine starre, kalte Verachtung, scharfkantig wie ein Schwert, tödlich wie die undurchdringliche Dornenhecke im Märchen.

Einen Moment starre ich, mir bleibt der Mund offen.

Dann fällt mir ein, was ich bis zu dieser Sekunde völlig vergessen habe: Dass dieses Mädchen mich kennt, als wäre ich ein Vieh. Nicht der Held auf der Argo, nicht der Wächter der Burg, nicht der Bürgermeistersohn mit Aussicht auf Lateinstunden, sondern ein brüllendes, geiferndes, niedriges Vieh.

Jetzt, jetzt erst wird mir das Herz heiß von Scham, so heiß, als halte ich ein ofenwarmes Brot gegen die Brust gepresst. Jetzt erst ist mir, als hätte ich ein unschuldiges Kind mit der Peitsche geschlagen.

Ich erröte. Sagen kann ich nichts, weil mir die Kehle zugeht. Was hätte ich auch sagen können? Die Verachtung trifft mich bis ins Mark. Zerschmettert beginne ich zu ahnen, dass die Hecke, anders als im Märchen, gar nicht das Mädchen umschließt, sondern mich.

Taumelnd wende ich mich ab. Stolpere in den Unterricht. Kassiere einen Tadel wegen der fehlenden Hausaufgabe.

Draußen steht das Mädchen noch immer unter der Linde, vor sich den Strauß goldenen Laubs.

Und dies ist mein Geschenk an Sie: Das Mädchen steht unter der Linde, sein Gesicht leuchtet. In seinen Händen hält es die Sonne.

Das vorletzte Blatt.

Mit einer stummen Frage hebe ich den Blick zu meiner Freundin hin. Ich sehe in ihre vertrauten, herrlichen, dunklen Augen. Lange sehen wir uns an, minutenlang, länger, als ich selbst das für möglich halte. Viel länger.

Vielleicht, denke ich, hat dieser alte Mann meiner schönen Freundin tatsächlich ein Geschenk gemacht. Wissen kann ich es nicht.

Schließlich steht sie auf und setzt sich zu mir auf das Sofa. Dabei legt sie ihren Arm mit der Decke über meine Schulter und hüllt uns beide ein. Ihr Körper ist sehr warm, und ich merke, dass ich schon seit dem Nachmittag gefröstelt habe. Ich spüre ihre raue Hand in meinem Nacken.

„Ach, das ist herrlich", sage ich.

„Ja", flüstert sie, „ich weiß".

Sie gräbt ihr Kinn in meine Schulter, und miteinander lesen wir, was von dem Brief noch zu lesen bleibt.

Nicht lange danach zogen Mutter und Mädchen fort, das muss noch vor Weihnachten desselben Jahres geschehen sein. Ich hätte später gerne gewusst, wohin, konnte aber nichts mehr über ihren Verbleib in Erfahrung bringen. Vielleicht sind sie nach Frankfurt zurückgegangen, dessen Schutt man allmählich abgetragen und dessen Wiederaufbau man begonnen hatte. Möglicherweise kamen sie in einem der im Geist der Zeit funktional und schmucklos dahingeworfenen Wohnblöcke am Stadtrand unter. Mir jedoch gefällt die Vorstellung, dass sie in Hamburg einen großen Dampfer bestiegen und über den Ozean reisten. Sehr weit. Über das Meer. Weiter, als ich mich selbst je geträumt habe.

Bis nach Patagonien.

Ja, das würde mir gefallen.

Es ist spät geworden. Meinen Mantel habe ich bereits übergezogen, gleich werde ich den Umschlag versiegeln, ihn vor Ihrer Tür ablegen und das Haus verlassen. Die Luft ist kühl und wunderbar klar heute Nacht. Ich freue mich auf einen raschen Gang, vielleicht zum Heiligenstock hinauf, mit weiten Schritten, die Schöße des Mantels mir nachwehend.

Wie im Wind ausgebreitete Schwingen.

Es wird sein, als flöge ich.

Der Brief ist zu Ende. Ich lege ihn auf die Truhe. Es ist kurz nach Mitternacht. Ich umschlinge meine schöne Freundin und atme in ihr Haar. Sie zittert am ganzen Körper.

„Ich möchte", murmelt sie an meiner Schulter, „dir etwas sagen. Du hast gelesen, und die ganze Zeit schon möchte ich dir etwas sagen."

Wir lassen uns nicht los.

„Du bist – immer wenn ich", sagt sie dann, die Stimme bricht ihr weg, sie schluckt und fängt noch einmal an: „Vielleicht bist du gar nicht mein Feind. Manchmal erkenne ich das. Und dann verstehe ich es. Das Zusammensein. Dass, wenn ich aufhöre, gegen dich zu kämpfen, du der Spiegel meines Reichtums werden kannst. Und dann ist alles gut. Für einen kurzen Moment. Jetzt."

Ich sehe in ihr Gesicht. Eine Träne hängt ihr im Mundwinkel. Erst will ich sie wegwischen, aber dann tue ich es nicht. Ich lächle. Ich bin sehr froh.

Ein kurzer Moment.

Meine Freundin schnieft und greift über die Truhe hinweg nach einem Taschentuch. Dabei stößt sie gegen den Stapel des nun gelesenen und zerfledderten Briefes. Einige Seiten lösen sich und fallen auf den Boden.

„Was machst du jetzt damit?", frage ich.

Meine schöne Freundin schnäuzt sich und zuckt mit den Schultern. „Keine Ahnung, hab ich nicht drüber nachgedacht. Ich glaube nicht, dass ich das noch einmal lesen möchte. Auch nicht irgendwann. Hebt man so etwas auf?"

„Nicht, wenn man nicht muss", sage ich.

„Gottseidank", sagt sie. Dann klaubt sie die Blätter zusammen und geht damit in die Küche. Eine Schranktür wird geöffnet. Der Deckel des Mülleimers klappert.

Langsam stehe ich auf und lösche die Kerzen in den Schalen am Fenster. Eine nach der anderen.

Die Nacht ist noch nicht vorüber.